Yoann Barbereau

Portraits de Yana

Stock

L'écriture de ce texte a bénéficié du soutien de la Maison Julien Gracq, dans le cadre d'une résidence.

Illustration de Plat I : © Marie Drouet, *Tresse*
(détail de *Spirale capillaire* 315 × 78 cm),
2016, pierre noire sur papier

Illustration de Plat IV :
Ilya Répine, *Ivan le Terrible et son fils Ivan le 16 septembre 1581*, 1885,
huile sur toile/Bridgeman Images

Couverture : © Raphaëlle Faguer

ISBN 978-2-234-09301-0

À toutes les Yana

I

Prélude : ut pictura poesis

Face au comte Léon Tolstoï venu jeter un œil sur ses tableaux, Ilya Répine déclenche une timidité réflexe. Il lui faut s'extraire de son bafouillis cosaque, vite trouver quelque chose.

« Ah, si seulement je pouvais peindre comme vous écrivez ! »

Le visiteur hoche la tête.

« Moi, j'aimerais écrire comme vous peignez. »

Je veux donner le portrait de Yana, le sang, la glace, je veux dire ses métamorphoses.

Je dois montrer le masque et le poignard.

Et j'hésite ; ma main bredouille ; elle raidit d'abord lorsqu'elle se pense assez sûre pour peindre en paroles, assez folle pour faire des pages sans rime ni fiction.

La main se dénoue. Les images se forment, je commande qu'elles soient.

Yana se présente qui guide mes doigts des premières lueurs attrapées par ses yeux jusqu'au matin d'aujourd'hui.

II

Derrière le mur

Proche lointain, *le livre de souvenirs d'Ilya Répine, paraît en 1937. Le peintre est mort depuis sept ans. Je l'ouvre au hasard, chaque mot m'entraîne vers Yana.*

« L'artiste fait apparaître sur la toile les visages qui ceux-là seuls le “réclament”. C'est une affaire subtile, aucune théorie ne peut l'expliquer. »

On entendit le cliquètement familier dans la serrure, le triple tour qui annonce la mise en branle de la lourde pièce de métallurgie. Il était 10 heures.

Promenaaade, prooomenade ! gueula un maton – je crois que c'était Meigel. Nous sommes sortis un à un. Les geôliers nous ont alignés face au mur, ils nous ont fouillés-palpés ; la routine.

Allez, en marche !

J'étais en prison depuis trois semaines, à Irkoutsk, capitale de la Sibérie orientale. J'avais été piégé et arrêté sous les yeux de ma fille, placé dans une petite cage puante, une cagoule sur la tête, interrogé, torturé avec science, puis sommé d'avouer. On a dit que j'étais un agent du renseignement français. Certains le pensent encore aujourd'hui. Espion ! Comment sinon expliquer les griffes accrochées avec tant de férocité à mon dos ? Pourquoi ce zèle déployé contre moi par les serviteurs bien connus du montagnard du Kremlin ? La vérité : j'étais de la menue monnaie à usage tactique, rien de plus. Je fus un pion dans le jeu sans fin des civilisations qui s'entrelacent et se haïssent, s'applaudissent, se jalousent, bâtissent des mondes à coups de lames, des romans et des morales à coups de canons. Je devins un télégramme diplomatique de chair et d'os.

Il me faudrait sauver ma peau, c'est-à-dire user d'imagination.

Je ne m'apprête pas à conter ma cavale. J'en ai fini avec les tribulations odysséennes. Je prépare ma toile, je commence un portrait.

Nous étions sept alors dans la cellule 645. La vie s'organisait ; j'avais trouvé ma place.

J'avance à travers les couloirs, sage et apprivoisé, mains dans le dos, tête baissée. Devant moi, il y a Gricha en chef de meute et à nos côtés un gardien solidement arrimé à sa matraque priapique. Derrière moi : oncle Yova, Mustang, Aliocha et le Rouquin. Un deuxième gardien ferme la procession, la meute est conduite en laisse et cadrée serré. Seul manque oncle Sania. Malade ou feignant de l'être, il a gagné aujourd'hui une autorisation signée du médecin. Il garde le lit sans courir le risque d'un châtiment.

On s'arrêêête !

Nous arrivons sur les toits, un long couloir dessert une dizaine de compartiments de béton, avec chacun son bout de ciel derrière un grillage. Voilà notre promenade, vingt ou trente mètres carrés. On nous y pousse, la porte grince, lente et pénible. Elle claque. Moins onze degrés, le soleil d'hiver est doux. Nous avons le loisir de tourner en rond durant quinze minutes, bêtes de cirque à la parade, avalant quelques goulées d'air frais mêlées de nos sempiternelles clopes, nous admirons le peu d'azur visible au-dessus de nos crânes chauves. Tiens, là-bas, une merveille de nuage !

Taulardes et taulards ne se croisent jamais à la centrale, ils n'habitent pas les mêmes quartiers. De l'autre côté du mur, ce jour-là, nous croyons percevoir des voix de femmes ; Gricha tend l'oreille ; d'un geste brutal il nous intime le silence. Oui. Des femmes… Un prodige qui jamais ne se renouvellera.

Elles ont repéré notre présence, l'une d'entre elles salue, se renseigne : y aurait-il parmi nous du gaillard solide, du zguègue fiable et conquérant ?! C'est que l'enfermement, ça gratte le bedon, dit-elle, con, croupion et environs… Les rires résonnent dans les promenades. Le galant Mustang brame quelques saletés ; il est muselé aussi sec par Gricha tandis qu'avec la même efficace, derrière le mur, son homologue met un terme au brouhaha. Les deux se font face sans se voir, laissent traîner un silence. Une brise impromptue fait danser dans l'air une fine poussière de neige. Le chef s'adresse à la cheffe.

« Ici Gricha, cellule 645. Qui est en charge chez vous ?
– C'est moi, répond une voix de gorge, salutations Gricha le Kazakh ! Je m'appelle Machka, cellule 14.
– T'es la femme de Mironov ?
– Exact. Il te passe le bonjour.
– Bien, bien...
– Y a qui dans la 645 ?
– Nous sommes sept bonshommes ! Le maire et le directeur de la réserve naturelle, ils sont là depuis longtemps... Y a Mustang, Aliocha, le Rouquin... Et le Frantsous qui vient d'arriver.
– Le Français qu'on a montré à la télé ?
– Ben oui...
– Du beau monde, putain de... »

Machka s'interrompit. Une voix souffla à son oreille des mots inaudibles, et je perçus dans l'instant qu'ils étaient pour moi, peut-être ; tout mon corps se noua, sans comprendre, je reconnus le timbre sans savoir encore qui demandait très haut : Yoanntchik, tu es là ? Oui, je répondis que oui, et la boule dans mon ventre se décomposa en une sensation diffuse, bientôt exhilarante lorsqu'une phrase familière passa le mur, frappa mon oreille.

« Tu auras l'éclat du preux et l'âme cosaque ! »

Tous se sont tournés vers mes yeux agrandis. J'ai souri. Je connaissais cette formule devenue, il y avait longtemps, un code loufoque et une marque de complicité entre moi et...

Yana ?

III

La guerrière

L'été 1870.

Ilya Répine a vingt-six ans. De sa peinture, on dira bientôt qu'elle forme une encyclopédie des cœurs et des âmes.

Le long de la Volga, il cherche, il esquisse. Un jour, son œil s'arrête sur un groupe de haleurs qui se repose et chante sur un banc de sable. Parmi eux : un homme brûlé par le soleil et par la vie. Il s'appelle Kanine.

« Que valent tous les romans et toutes les histoires face à pareil visage !... »

Un tableau naît là.

Depuis combien de temps n'avais-je pas pensé à elle, à notre rencontre onze ans plus tôt, dans le sud de la Russie, sur les bords du Don ?

Elle a dix-sept ans, elle s'aime et se veut blonde, c'est la couleur de sa chevelure lorsqu'elle remonte une rue sans éclairage ce soir de septembre. Il doit être 23 heures. Elle est enceinte mais ne le sait pas.

Petite fille, elle s'était toujours crue laide, les mots de sa mère très tôt l'en avaient convaincue. Elle avait grandi avec cette idée, catégorique et résignée comme l'enfance misérable. Seulement, lorsqu'une poitrine lui était venue, précoce, prenant forme aux côtés d'un visage adouci, de jambes élancées que sans tarder elle installerait sur talons, on l'avait déclarée jolie. C'était inattendu. « Un 85B en poire très stylé, ferme et frissonnant sous la main », avait lancé un plastronneur le jour de ses treize ans – il en avait dix-huit, son premier amour, de type porcin analyserait-elle longtemps après. « Des seins ni trop petits ni grossiers, lui répéterait avec constance son amie Lena, quelle chance ! »

Yana se désencombra peu à peu de sa timidité, se mit à jouer du registre contraire. Elle se promènerait désormais avec une longue natte de cheveux soigneusement tressés, la serrerait avec un nœud de satin rouge vif, la ramènerait sur son épaule gauche pour faire un serpent, elle le caresserait, s'en amuserait ; et sur le pilier du cou elle poserait la tête d'une amazone, le regard monarchique donc sibyllin, successivement tendre et dédaigneux, fier et douloureux, ailleurs quand les circonstances l'appelleraient, empli ordinairement d'un je-ne-sais-quoi d'impudeur qu'elle offrirait à toutes les curiosités, celle des hommes comme celle des femmes, celle des bêtes, celle des miroirs.

Elle marche, elle campe son personnage. La rue est un chantier. Les trottoirs ont disparu. Le quartier se transforme ces derniers mois, un petit supermarché vient d'ouvrir, les dernières bicoques en bois sont rasées les unes après les autres pour faire place à des immeubles. Les talons tanguent dans le sable et les gravillons, elle jure, contourne les éboulis, elle rit ; héroïque, se dit-elle.

Un homme l'a suivie à distance, il approche d'un pas de ballerine. Il accélère, la bouscule et la jette dans un recoin idéal, à l'abri des regards. Il la plaque contre le mur de brique. Elle tente un hurlement, une main lui écrase la gorge, un genou lui coupe le souffle. Elle titube, son T-shirt est arraché, le bouton de son jean saute ; Yana est au sol. Elle rampe. L'homme tire sur le pantalon, ça ne vient pas. La lutte commence. Il prend position sur son dos nu, elle serre les jambes, empêche les gros doigts de se faufiler. Elle serre et resserre. Il frappe de nouveau. Petits coups dans les côtes, il progresse. La main entre dans la culotte, il y est, les poils, il effleure les replis humides. Le sexe de l'homme est droit contre son ventre, il n'est pas à son aise ; il voudrait le sortir du pantalon. Trop tôt encore. Yana contracte plus fort, il perd du terrain. Quelle pétasse, souffle-t-il. Quel babouin, elle ne le laissera pas triompher. C'est long. Elle pense : Tant pis, je relâche mes muscles. Lorsqu'il croit toucher au but, elle se retourne et lui griffe le visage, plante trois ongles dans son cou. Il la repousse, ahane, de nouveau pèse de tout son poids sur la colonne vertébrale, il écrase le visage et la natte blonde dans le sable. Elle a peur, mais elle reste concentrée. Je me défends bien, se dit-elle, je tiens en échec ce putain de macaque. La bouche crache le sable. L'excitation de l'homme grandit. Il caresse furieusement ce qui est à portée, les cuisses, les fesses, il tire sur le soutien-gorge qui ne cède pas. Il s'allonge et se frotte sur le dos nu, avance sa large gueule près de l'oreille, il la mordille. Il dit : « Allez, calme-toi. » Elle sent la salive couler sur sa tempe. Elle hésite, voudrait répondre, le moquer. Il poursuit : « Ça va bien se passer, promis. » Elle rembarre comme elle peut avec la paume de ses mains. Des larmes de rage coulent sur ses joues.

La scène soudain se fige.

Chacun reprend son souffle. Il la libère, se redresse et enchaîne : « Je veux pas t'faire de mal, tu sais. » Elle s'assoit, se recroqueville. Après une pause brève, il revient à la charge, lui immobilise les mains, colle son visage contre le sien. Il lui mordille les lèvres. La salive coule, s'étale, inonde le menton de Yana. Elle crache. « J'te jure, ce sera rapide. » Le crétin. Elle envoie deux grands coups de pied, il lâche ; elle se relève. En vain. Nouvel assaut : les deux corps retombent contre le mur de brique.

« Allez, s'il te plaît... »

La phrase arriva à mon oreille. J'avais dans la main gauche un sac rempli de carcasses d'écrevisses, dans la droite des bouteilles vides – on entendait leur tintement à la ronde. Mes invités étaient loin déjà. Je prenais l'air, vaguement ivre, embarrassé par les reliefs malodorants de la fête. Je cherchais la benne à ordures, déplacée quelque part, là-bas peut-être, au bout de la rue. Je ne prêtais plus réellement attention au décor apocalyptique ; le chantier s'éternisait, j'y étais habitué.

« Allez, s'il te plaît… Sois sympa ! »

On distinguait deux silhouettes dans la pénombre. Petite dispute entre toxicos, je présume, ne traînons pas. Yana eut un cri. J'ai feint de croire mon hypothèse solide, j'ai hâté le pas. Elle hurla : « Si tu me touches encore, jjje… te… TUE ! » J'ai stoppé net. Non pour la phrase, somme toute banale en ce monde, mais pour la voix, celle de Yana, ce qu'elle contenait d'effroi, de furie et de larmes ravalées. Un temps, je suis resté immobile dans le silence de la rue. Je me suis rapproché, écarté de nouveau. Il n'y avait plus que les moteurs des voitures, au loin, sur le boulevard, berçant avec l'alcool mes tergiversations. Le signal vint enfin qui me poussa hors du rang des scélérats : une claque sourde, suivie d'une autre. Demi-tour. Je vis cette fois : Yana en soutien-gorge qui repoussait les coups.

Je laisse tomber mon sac, le fracas des bouteilles capte les attentions.

« Tu cherches quoi, dégage ! C'est une affaire privée ! »

Je me tourne vers elle, je bafouille pesamment. Elle me dévisage, entre détresse et colère : « Oui, putain de couille, un coup de main pour dégager ce fils de pute, ce serait pas de refus ! »

Il grimace un rire, mâchoires serrées.

Redevenu sobre surnaturellement, j'allais sur lui dans l'allée sombre, évaluant son gabarit. Il tira de sa poche un couteau. Je reculai. Il fondit sur moi, fut malchanceux, il trébucha et perdit son arme. Je le poussai sur la route où il s'étala lourdement. La voie était libre, il prit la fuite. Derrière moi, Yana s'était saisie d'une barre de fer qui traînait parmi les gravats. Sa déception fut grande. Plus tard, elle me reprocha de n'avoir pas retenu le babouin. Quelques secondes supplémentaires et elle l'anéantissait.

Elle l'imagine parfois en charpie, le crâne explosant sous les coups de l'assommoir.

Yana se tient droite sous les lueurs safranées, debout au milieu de la route démolie, un morceau d'acier à la main ; le talon de sa chaussure gauche gît à côté des lambeaux de son T-shirt. Elle a réajusté pantalon et soutien-gorge. Ses cheveux d'après la bataille sont mêlés de poussière ; le maquillage n'est plus. Elle caresse le serpent blond sur son épaule gauche. Ses lèvres hésitent.

On ne peut pas dire que c'est un sourire ; il serait faux de dire qu'elle ne l'esquisse pas.

IV

Une nuit de mots

Dans Proche lointain *:*

« Je marche aux côtés de Kanine, le long de la Volga, sans pouvoir le quitter des yeux. Et je l'aime de plus en plus. Je tombe passionnément amoureux de chaque trait de son caractère, des moindres nuances de sa peau et de sa chemise de chanvre.

Au fil des jours, il m'apparut comme la plus grande des énigmes ; je l'ai peinte avec un amour inconditionnel. »

Le couteau reposait sur le sable et la pierre. La lame renvoyait les images informes de la rue en chantier.

Yana s'accroupit, empoigne le manche en bois avec la majesté quiète d'un fantôme. Elle examine le reflet de ses yeux rougis, le blanc tranchant de sa figure sur fond de nuit. Elle se fige.

« Putain de chatte… Cette saleté de… Mais c'est du putain de plastoc ! »

Elle me tendit l'arme factice. Nous rigolâmes curieusement.

J'habitais à quelques dizaines de mètres. Nous avons parlementé, elle refusa d'abord ; je la suppliai d'accepter au moins une veste ou un T-shirt ; elle accepta. Elle préféra la chemise blanche, théâtrale avec ses manches bouffantes et son jabot, qui pendait sur un cintre dans la salle de bains. Mais elle rentrerait seule.

« Reconduite à la maison par un Français, c'est classe, mais pas besoin ! Non. Et puis, à vingt-cinq ans, t'es un peu jeune pour être mon père... Lâche-moi mon garçon ! »

Demeurait le problème de la chaussure.

Il fut vite réglé. Yana transportait toujours avec elle le nécessaire pour réparer un talon cassé. Cela n'exigeait pas plus de quelques minutes, une glu spéciale, un peu de ruban adhésif : l'enfance de l'art...

Une heure s'écoula. Nous vidâmes deux théières.

L'assaillant, elle le connaissait. Il s'était immiscé dans une soirée entre amis ; le petit groupe l'avait admis – un peu vite. Elle ne porterait pas plainte. Elle avait autre chose à faire, et d'ailleurs, le babouin finirait par payer ; cher.

« Je suis la forte et lui le faible. J'ai une chance du diable !... Parce que tout ce qui m'arrive, je peux l'encaisser. S'il m'avait baisée, et alors ? Quoi ? Une femme, ça se relève et ça ressuscite. »

Une heure encore défila avec une nouvelle théière. Je proposai un jus d'airelles.

« Et pour l'accompagner, quelque chose d'un peu moins non alcoolisé peut-être ? Tu as ? »

Une bouteille de cognac du Daghestan apparut sur la table.

Nous avons parlé longuement, sans pouvoir nous arrêter. Son front large, arrondi et serein, me fascinait. Il était empli de phrases que je devais entendre. Je compris quelque chose cette nuit-là. Yana ne tentait pas de me *raconter sa vie*, selon la formule triviale, pas plus que je ne lui livrais la mienne. Aucune existence ne se conte, aucun humain n'est capable d'embrasser une vie entière – aussi brève fût-elle – avec des mots. On peut seulement donner des portraits, de soi-même ou d'autres que soi, toujours provisoires, avec leurs couches et leurs glacis, leurs blancs et leurs repentirs.

Au petit matin, notre bavardage émerveillé avait tari tout l'alcool et le thé de la maison, asséché la moindre larme, déposé en nous suffisamment de joie pour qu'un jour on pût imprimer cette phrase.

Yana s'est emparée d'une image parmi celles accrochées au mur.

« Celle-ci, je la garde, et tu sais pourquoi ? »

C'était une carte postale, la reproduction d'un tableau célèbre peint par Ilya Répine : *Ivan le Terrible et son fils Ivan le 16 novembre 1581.*

« Je la garde, parce qu'elle me ressemble. C'est mon portrait craché ! »

V

Le tableau

Ivan le Terrible et son fils Ivan *fut le premier tableau censuré par décision de l'Empereur. Le 1er avril 1885.*

Le même jour, Léon Tolstoï écrit à son ami :

« Excellent Répine, vraiment excellent. Il y a là quelque chose de vif, de puissant, c'est audacieux et ça a fait mouche. »

On entre, on se cogne ; c'est cuisant. Une lumière embrase et gèle la scène. Elle tombe d'une fenêtre haut perchée. Elle jaillit tout autant du lieu où nous nous tenons, là, comme si un projecteur irradiait dans notre dos ; et nous voici plantés devant le spectacle, sans possibilité de battre en retraite ni d'esquiver les deux corps transis, leur entrelacs brutal sous l'éclairage intempestif. Nos paupières sautillent ; nous ne distinguons pas encore les deux créatures de désastre. Leurs regards démolis invitent le nôtre, ils le rejettent. La glace prend la peau. Ça y est, l'œil écoute.

C'est l'année 1581, ou alors l'année 1885, c'est 1913 ou 2018, comme il vous plaira ; c'est aujourd'hui.

Au sol et sur les murs, les motifs géométriques triomphent comme les teintes hémoglobine – et naturellement, ce triomphe fait débâcle. Le pourpre se distingue, joue avec le grenat et le nacarat, c'est un chaos cramoisi, ocre rouge et orange brûlé. Il y a eu sang versé ; les riches tapis le savent, ils ont bu. Ils sont plissés, le désordre règne ; il y a eu combat. La chaise, elle aussi, en témoigne, lourde et couchée. Entre ses pieds : un petit bonnet noir et un coussin d'andrinople après la valdingue. Ils s'éloignent, flottent sur la mer onduleuse des étoffes ottomanes.

Il y a des coins d'ombre, des courbes fantomales ; les pigments sans urgence s'éteignent à bas bruit.

L'arme qui a répandu le sang est à portée de main. Elle roule vers nous, comme si elle allait sortir du tableau. C'est un bâton. Non pas celui d'un starets, d'un mage ou d'un sorcier, ni canne ni épieu, ni sceptre ni caducée, c'est tout cela à la fois ; c'est un long bâton ferré à la pointe saigneuse, le bâton d'Ivan le Terrible.

On pourrait en s'inclinant le toucher, et même le ramasser, si on osait.

Ivan Vassilievitch s'est jeté à terre. Les yeux sont fous, les traits délirent, il serre dans ses bras Ivan Ivanovitch. Il vient de le frapper, il redoute de l'avoir tué. Sa main droite agrippe la taille. Sa main gauche soutient la tête branlante du fils chéri, la cajole, la presse contre ses lèvres muettes, et ce geste est aussi conjuration vaine du malheur, c'est-à-dire de la violence infligée par la pointe du bâton, à l'instant, sous le commandement de cette même main – l'excessive, la gauche.

Elle constate. La tempe est perforée.

Le sang bouillonne entre les doigts du tsar, le sang dégouline le long du cou du tsarévitch, il dégoutte de son nez, se glisse partout, dans les cheveux, sur les visages vert-de-gris, dans les regards et entre les poils de barbe, sur la tunique en soie de l'agonisant ; un lac grossit auprès des deux effondrés.

L'œil du fils se révulse, il a quelque chose de bovin. Certains ont reconnu une bête de boucherie, sinon de corrida, accompagnée en son dernier râle par un petit singe chauve – un critique furieux l'a écrit. Un genre de capucin ? Un sapajou ? Possible. Je vois davantage un diablotin ahuri, caparaçonné d'une soutanelle noire, avec dans les pattes une étrange créature marine qu'il berce et qui périt, sans bouger, dans d'immenses efforts, exhibant le rose saumon de son caftan aux écailles argentées, l'outremer d'un pantalon pareil à une algue bouffante, et l'or inutile, brodé en colonies coralliennes sur le cuir émeraude de ses bottes.

De l'œil du fils sort une larme. On a dit qu'il accordait son pardon. Sa main gauche prend appui sur le sol, la droite se raccroche au bras paternel, je crois qu'elle voudrait le repousser.

« Il ne pardonne pas, il meurt comme il peut », tranche Yana.

Nous faisons face au tableau, assis côte à côte sur une banquette capitonnée, au début du XXIe siècle, un matin de novembre, au milieu d'une grande salle de la galerie fondée par Pavel Tretiakov en 1856. À Moscou.

VI

Ivan le Terrible

Dans Proche lointain *:*

« À Moscou, en 1881, j'écoutais une nouvelle composition de Rimski-Korsakov : *Vengeance*. Cette matière sonore s'est emparée de moi et j'ai songé à la façon de traduire dans une peinture la sensation musicale. Je me suis alors souvenu du tsar Ivan le Terrible. »

Je l'ai à peine aperçue, une fois, dans le couloir d'une maternité. Je l'ai connue pourtant, à travers l'œil et l'oreille de Yana.

J'ai vu la condescendance qui raidissait son cou et lui tenait lieu de grandeur, entendu l'orgueil qui éraillait sa voix et valait pour elle force d'âme.

Elle désirait simplement qu'on l'entendît. Était-ce trop demander ? Elle se tuait à le répéter : savoir vivre, c'était tenir le dos droit, toujours sourire et bien écouter. Son entourage l'exaspérait : trop d'ignorants et de traîtres ; si elle avait un contradicteur, c'était un pervers, sinon un tartuffe. Toutes les violences l'horrifiaient. Les siennes étaient éducatives, rien à voir. Elle les exerçait comme elle exerçait la cruauté, avec soin et avec constance.

« Ma mère, c'est un peu Ivan le Terrible. »

Yana a dix-sept ans, elle ne peut être tout à fait sérieuse. Elle est étendue sur mon canapé ; elle laisse éclore pensées et souvenirs. Le Terrible : elle exagère ! Je me moque. J'ai tort, je dois le sentir, car j'inscris ses mots dans le carnet qui traîne toujours dans l'une de mes poches.

« Ta mère est un tsar du XVIᵉ siècle alors ?
– Et pourquoi pas ? Du genre qui balance des chiots du haut d'un balcon, qui s'émerveille des contorsions d'agonie, tu vois ? Le plaisir d'égorger les bêtes, de plonger les mains dans leurs entrailles palpitantes, la dilatation des narines à l'odeur du sang, les yeux luisants… C'était ça, Ivan le Terrible, non ?
– Oui, peut-être…
– Ma mère : pareil.
– …
– Écoute. C'est simple. J'ai vécu les premières années de ma vie sous le joug d'une matriarche toute-puissante, je la redoutais et je l'aimais ; elle battait tout ce qui lui tombait sous la paluche, à l'aveugle, par réflexe préventif et trop-plein d'énergie. Même vitalité qu'Ivan le Terrible, même sens du théâtre. Maman était verbeuse comme un tsar. Ça s'aggrave avec le temps, paraît-il… Quand elle m'a abandonnée, à l'âge de quatorze ans, ce fut une chance. La distance nous va bien. »

Des mois plus tard, notre conversation reprend – s'est-elle jamais arrêtée ? Répine s'en mêle de nouveau. *Ivan le Terrible et son fils Ivan* : « Ce tableau, c'est mon portrait », insiste-t-elle. Je bredouille, elle marmonne, allongée à plat ventre sur le canapé devenu lit.

« Je ne comprends rien, Yana, il y a un coussin devant ta bouche !
– Je disais : c'est exactement ça, oui, Ivan le Terrible m'a fracassé le crâne.
– Ah.
– Écoute…
– Oui, je t'écoute.
– Voilà : Il était une fois la petite Yanechka, un soir de corvée de patates.
– … ?
– C'est un conte, tu vas voir. Assieds-toi. Yanechka a onze ans ; les invités vont arriver et elle traîne ; l'épluchage ne va pas assez vite au goût de sa gentille maman ; elle se fait engueuler et, pour la première fois, ose retourner l'insulte sous la forme d'un doigt d'honneur qu'elle brandit très haut. Ça hurle, évidemment. Une poigne de glace s'empare des cheveux de la petite ; sa carcasse se raidit, tombe, elle est traînée sur le sol comme une serpillière. Et c'est le bête accident : le crâne heurte lourdement l'angle du mur. Une décharge électrique traverse son squelette et ses chairs gelées. Yanechka observe la scène à bonne distance. C'est qu'elle a dévissé sa tête et l'a mise à l'abri, dans l'évier, au milieu des pommes de terre. Elle ferme un œil, puis l'autre ; elle s'endort. Au

réveil, quand elle réintègre son corps, elle sent sur sa joue une caresse rugueuse qu'accompagne un beuglement plaintif : la mère s'attendrit sur le malheur d'être mère. La fille supplie : moins de bruit, s'il te plaît, maman, les oreilles me brûlent. Un peu de sang ruisselle le long de son cou. Elle décide de se rétablir sur ses deux pieds, pour qu'enfin se calme et se taise l'éplorée. Yanechka s'excuse, ça marche. Elle peut retourner à ses patates. Les cinq petits doigts étreignent le manche du couteau. Elle a mal, des idées mauvaises traversent la brume de son esprit. Les invités arrivent. Parmi eux, Irina vient l'aider à finir l'épluchage. Elle voit clair, c'est la seule. Elle constate le sang sur la nuque, plonge ses yeux dans les yeux de l'enfant, elle dit : "Je suis désolée, j'aimerais faire plus, mais je ne peux pas." »

Yana se redresse, déplie ses jambes sur le bord du canapé. Je m'approche d'elle, sa tête glisse sur mon épaule.

« *Ivan le Terrible et son fils Ivan le 16 novembre 1581*, c'est moi. »

Ces mots sortirent d'instinct lorsqu'elle découvrit dans un manuel d'histoire la reproduction du tableau de Répine, sous l'œil interloqué d'Anastasia Alexeïevna, sa maîtresse d'école.

La petite fille ouvre grand les yeux, elle presse son pouce sur le papier pour communiquer avec l'image.

« C'est moi, c'est moi, là, sur le livre ! »

Elle insiste, tape du doigt, tape du poing sur la table. Les écoliers rient d'abord, puis l'inquiétude gagne lorsqu'elle se lève brusquement et renverse la chaise. Le fracas du métal sur le carrelage impose un silence. Yana tremble, debout au milieu de la classe, elle jette des regards alentour. C'est une bête traquée. Ses deux mains s'arriment au livre. Elle perçoit sous les couleurs imprimées la marque du pinceau, et le couteau du peintre, et son esprit, et elle s'y glisse – dans les poils du pinceau, dans le manche du couteau, dans l'esprit et dans l'image qui sont la même chose.

Si on lui parle, elle n'entend pas. Si on la touche, elle sent à peine. Yana n'est plus qu'un souffle mêlé de peinture. Là-dedans, il y a sa mère. C'est ahuri, simiesque et menaçant, c'est un tsar, mais ça ne crie pas. C'est surmontable. Il y a aussi des puissances qui montent le long de ses jambes et viennent s'enrouler autour de son cou. Il y a un grand boum dans la tête. Boum ! Boum ! Il y a du sang, une électricité persistante, bonne et maléfique à la fois.

Anastasia Alexeïevna s'approche. La main de la petite fille fait le geste de repousser, avec douceur et fermeté, comme la main du tsarévitch sur le tableau.

L'enfant accepte de se rasseoir.

« Oui, c'est moi sur le livre, c'est sûr. Mais tout va bien ! »

C'est fini. Une vague de chaleur écarlate envahit le corps de Yana. Elle ne pourrait expliquer ce qu'elle vient de vivre. Une voix est née en elle, faite de forces nouvelles et de peurs anciennes.

Anastasia Alexeïevna chercha à comprendre, puis elle renonça. L'élève était orpheline de père, turbulente, elle fut jugée comme d'ordinaire indéchiffrable.

Dès lors, Yana se mit à répéter aux oreilles de confiance : « Je vis avec Ivan le Terrible. »

Tiens, le voilà qui entre dans une maternité, la voilà, vêtue de sombre de la tête aux pieds, la foulée conquérante, le manteau saturé de tabac froid et soigneusement boutonné. Un fichu noir de Mars se mêle au bleu corbeau de la chevelure, l'ensemble moutonne en flots d'encre sur des épaules quadrangulaires. Elle monte au dernier étage, rien ne l'en empêchera. Sa fille vient d'accoucher.

Dans un long couloir, les blouses blanches cavalent. Devant la porte d'une chambre où dorment Yana et son bébé, j'observe le visage tendu d'une sage-femme.

Elle esquive les questions, Ivan le Terrible l'accule sous la lumière crue du plafonnier d'hôpital. Les yeux despotiques ne clignent pas.

« Elle veut jouer les grandes dames, mais elle reste très petite fille, vous ne trouvez pas ? Qui va s'en occuper maintenant de son gros mioche blond ? Né sans père, tu parles ! Elle va vite comprendre, oh ça, quand il va lui traire toute énergie, lui tirer les cheveux et lui crevasser les tétons… Bon… Faudrait déjà qu'il survive… Vous en pensez quoi, vous ? Hein ? Il est quand même assez joli, non ? Malgré ses petits plis de graisse sur les cuisses. J'ai toujours trouvé ça… répugnant. Allez, ça ira bien, vous avez raison, on finit toujours par se débrouiller, même avec les gamins qu'on ne voulait pas… Hé ! Je plaisante, hein ?! Ne faites pas cette tête. Ma fille essaie de me rendre vieille, comprenez-moi ! Est-ce que j'ai l'air d'une petite grand-mère ?! »

Ce fut pour de bon, Yana ce jour-là rompit les dernières attaches. Elle ne revit sa mère que sur un lit d'agonie, quelques années plus tard.

Le tableau de Répine bricole les intraduisibles. Les pigments sorciers saisissent Ivan le Terrible, ses ombres, ses semblables, et on entend bruire sous les larmes du fils les larmes de toutes les Yana, les miennes et peut-être les vôtres.

VII

Anya cæspitosa

Ilya Répine répétait à tout propos, dans le bonheur comme dans le malheur :

« Je suis chanceux. »

« Maaa-ma. »

La voix hésite. C'est comme un petit animal qui tente de réprimer une peine. Yana est assise sur un rondin de bois. Petia, son camarade d'école, le confident, est à ses côtés ; il pose une main sur son épaule, y met toute la tendresse de ses six ans.

Elle toussote, stoppe ; elle se lance.

« Maman m'a donné un rouble pour m'acheter une glace. J'ai décidé d'acheter un cactus à ma maman d'amour. C'est parce qu'elle aime les cactus, mais elle n'en a pas. Alors moi, j'ai eu une bonne idée, j'en ai trouvé un trrrrès beau ! »

Un camion était arrivé au village, chargé de plantes, d'arbres fruitiers et de cactus. Il y en avait un gros, dans un pot de terre cuite, portant une étiquette sur laquelle on pouvait déchiffrer : *Anya cæspitosa.*

« Le cactus que j'ai trouvé, il s'appelle comme ma maman : Anya ! »

Le vendeur fit fort peu de résistance, il céda pour un rouble *Anya cæspitosa*. Le cactus était imposant, mais Yana jura qu'elle n'avait besoin d'aucune aide. Son rire franc et ses haussements d'épaules embarquaient tous les sceptiques. Elle se mit en route en serrant très fort contre elle le pot. Au bout d'un kilomètre, hors d'haleine, les bras perclus, elle tenta de le traîner ; elle s'égratigna les joues, une épine passa sous un ongle. Elle pleura. Elle se frotta les yeux avec la paume de ses mains, reprit courage, essayant cette fois de faire rouler le pot. Elle trébucha, tomba. Elle n'abandonnerait pas. Jamais.

Elle s'arrête, souffle et crache. La maison est loin, Yana est au milieu de la campagne sur un chemin de terre. Elle s'assoit sur le bord du pot, elle caresse la plante. Elle est épuisée, constate que le cactus est légèrement fracturé. Une pluie fine commence à tomber.

Elle retient ses larmes et repart.

Le soir rejoint doucement la nuit lorsqu'elle aperçoit la maison.

« J'étais trop fatiguée. Mais je pensais que ma maman serait tellement contente. Je suis rentrée, elle avait une cigarette à la bouche, et j'ai vu qu'elle pleurait. »

La robe d'écolière est souillée de boue, comme les chaussures ; la couronne de tresses est en désordre, mais elle a tenu. Yana offre son plus large sourire ; son triomphe est un cactus en pot ; elle le fait glisser vers sa mère.

Anya s'approcha, s'agenouilla, assena une gifle. Pas une petite. Une grande baffe retentissante, elle y engagea tout son corps et toute son âme. Puis, elle tourna les talons.

La petite fille est seule. Les narines se dilatent, les yeux sont un écheveau de douleur et de stupéfaction. La main, par réflexe, frotte la joue meurtrie. La bouche se déforme mais reste fermée opiniâtrement ; puis elle s'ouvre un court instant pour gémir à son aise. Elle s'arrête net. C'est ce qu'on appelle ravaler ses sanglots. On le fait par gêne. Pour obéir à un ordre.

Avec Petia qui sait consoler, Yana se contente de deux larmes muettes. *Anya cæspitosa* est installé sur la table du salon, c'est le plus important, insiste-t-elle.

VIII

L'axolotl

Ilya Répine a six ans, il saigne du nez durant plusieurs jours. On s'alarme, on pense qu'il va mourir. Il demande :

« Y aura-t-il de quoi dessiner au paradis ? »

L'année 2004.

La voix cristalline de Yana au téléphone : « Mon enfance vient de s'achever. » Elle ajoute : « Je crains que celle de mon garçon commence mal. »

Elle a accouché d'un fils, c'est le mois de mai. Elle a dix-huit ans. Anton est né sans père.

Deux jours après notre rencontre dans la rue en chantier, Yana frappa à ma porte et, devant le paillasson, m'apprit qu'elle venait de faire un test de grossesse, de pisser précisément sur un bout de plastique, celui-ci, dit-elle, accompagnant ses mots d'une gestuelle qui me laissa interdit. Elle me bouscula, courut vers le canapé ; elle s'affala.

« Putasse de connerie de couille ! »

Elle ne savait où aller. Elle vivait depuis quelques semaines dans une sorte de hangar, aux côtés de naufragés divers. Elle y avait sa propre chambre.

« Qui m'épargne les pluies et grêles de saison, qui me protège du froid, du vent et parfois du monde, mais surtout qui m'éloigne du sommeil honteux sur les canapés des bonnes âmes, ou plus couillon dans les encoignures des immeubles, dans les buissons et autres replis merdeux, ça finit en général par une fièvre. »

Elle me ferait visiter plus tard l'immense vaisseau de béton au cœur de la ville, oublié, invisible parce que gigantesque, avec à l'intérieur une architecture fantastique, partout des bâches tendues, de la taule, de la brique et du bois de récupération devenus kiosques, maisonnettes, d'improbables jardins suspendus ; j'accéderais à l'étage en empruntant le grand escalier de fer, j'enjamberais la machine à laver, serpenterais entre les meubles de toutes les époques sur la longue coursive, celle qui desservait les cabines bricolées, une pour chaque passager, une pour Yana, tout au fond, un peu à l'écart. L'ensemble faisait un campement foutraque étonnamment propre, tenu par une bande d'adolescents et de jeunes parias organisés. Ils partageaient les lieux, la nourriture, la fumette et les petits sacs plastique préparés par Vova, le spécialiste du sniff à prix d'ami – la réputation de ses mélanges, « colle et solvant de qualité », dépassait de loin les frontières du navire.

Elle ne voulait plus y retourner, par peur d'y croiser le babouin, et parce qu'elle n'aimait pas trop les gens, là-bas.

« Enfin, c'est pas que je ne les aime pas, non, c'est que je ne trouve pas les bons, les gens que je pourrais aimer. »

Elle n'avait pas vu sa mère depuis quatre ans et s'en portait bien.

« C'est sûr que savoir ce qu'elle dirait, je préférerais ne pas... »

Yana ne connut jamais son père, il mourut peut-être d'un accident, elle était âgée de quelques mois. Les témoignages varient : sur l'image que j'ai reconstituée avec elle – à peine un croquis –, on trouve le corps d'un homme sous une voiture. Aujourd'hui comme alors, il ressemble à sa fille. Il est grand, il porte beau. Son tatouage sur le biceps droit représente une tête de loup.

Il réparait une vieille carcasse, elle bascula de manière inexplicable. On préférerait ne rien savoir du crâne recevant le poids de la ferraille : bouillie de chair, de rouille et d'os, de cheveux dorés et rougis. On mit en cause sa femme, un voisin fut accusé avec elle, un autre accusa. On évoqua des jalousies et des rancœurs, la délimitation conflictuelle d'un jardinet, un hypothétique héritage, un amant.

Tout est enseveli.

Dans ce brouillard, j'entends une enfant qui fait ses gammes. Yana babille au loin, elle articule des Paa-pa. Elle doit être dans sa première année. Elle se met en bouche la syllabe redoublée, simplement pour voir, peut-être pour le convoquer, lui, le je-ne-sais-qui – non pas un disparu, plutôt un absent jamais tout à fait apparu.

Paa.

L'enfant en nous n'est pas perdu. Il loge quelque part entre les strates et les plis, dans l'entrelacs des masques, cicatrices, rides et maquillages, écrasé sous le glacis qui fait les corps adultes malgré eux.

Paa. Pa.

Comme vous, Yana porte sur elle tous les âges. Le portraitiste est d'abord hypnotisé, puis il tente à grand-peine de saisir l'instant où la syllabe sort et, avec elle, un visage vrai qui laisse voir en enfilade les figures ineffacées. Je les observai à loisir le mois précédant l'accouchement, lorsque Yana, démesurément enceinte, s'installa chez moi.

À la clinique, je ne fus pas autorisé. Aucun lien recevable avec la maman, aucun rapport, jeune homme, rentrez chez vous ! J'hésitai à franchir le barrage – par force ou par ruse. Je venais d'apprendre au téléphone le mot *anoxie*. Au moment décisif, le bébé avait manqué d'oxygène, une infirmière me l'expliqua, d'oxygène et de sang aussi – il fallait donc parler d'*anoxo-ischémie*, je m'attachais à ce jargon inutile, l'esprit aussi ébouriffé que la chevelure. Anton n'avait pas émis un seul cri, pas un seul pleur. Des mains l'avaient arraché du ventre, puis fait disparaître dans les chuchotis. Au loin déjà : le pas empressé des sages-femmes. Yana s'était trouvée violemment seule, dans le silence.

« Ils vont lui congeler le cerveau, tu comprends, c'est à cause de l'anoxie, pour éviter qu'il meure ou qu'il devienne complètement débile… Mon petit, tout petit garçon… C'est mal parti, mon garçonnet. L'anoxie, ça transforme à coup sûr les bébés en axolotls ! »

Il y eut les fous rires de celle qui a beaucoup pleuré, et le souffle, soudain très court, amplifié par le téléphone ; je compris.

« Tu crois vraiment ? Je me suis vue partir, crever. Tu sais la nuit de terreur que j'ai traversée ? Et là, je suis dans une grande chambre, vide, glauque et sans bébé, avec mon ventre de douleur, vide. J'ai la sensation d'avoir rétréci, je ne suis plus qu'une chose glacée et recroquevillée. »

On n'avait pas réellement congelé Anton – c'était peut-être pire.

L'accès à la maternité s'ouvrit, on me laissa franchir les barrages un à un. Mauvais augure. Y avait-il encore quelque chose à espérer ? Oui : grâce au générateur d'hypothermie, m'assura un technicien très fier de sa machine. Durant soixante-douze heures, la tête du bébé serait maintenue dans une sorte de camisole réfrigérante. Un dispositif de dernière génération, très fiable, on pouvait être tranquille, la température serait contrôlée et parfaitement stable : 33,5 °C. Je gagnai en ébouriffement. Anton avait-il une chance de sortir de la nuit et du froid ? J'insistai : allait-il naître vraiment ? Je fus incapable de déchiffrer la réponse – un simple haussement d'épaules. Le professionnel me dévisagea longuement, puis reprit son exposé. La mort des cellules du cerveau : causes, diagnostic, traitements. Et : pronostic de survie. Et : séquelles possibles. La machine devait empêcher le processus de destruction. Sans garantie. On faisait au mieux. D'accord ? D'accord.

Yana : « Lorsque les larmes coulent, il n'y a rien à dire. »

L'axolotl est cet animal étrange qui n'éprouve nul besoin de se métamorphoser en adulte. On dit que c'est une salamandre. Je n'en suis pas certain. Son regard est empreint d'une puissante humanité, on y lit aussi les rébus mutiques de notre animalité. L'axolotl authentique ne quitte jamais son existence larvaire. Sa tête burlesque nous salue, son corps dandine dans l'eau primordiale ; il nous charme. Ses yeux de nouveau-né restent intacts ; ils nous tiennent.

J'entrai dans le service des bébés frigorifiés, une vitre nous séparait, je pus le voir. Anton était une petite bête casquée, intubée, encombrée d'une multitude de fils et de tuyaux, une salamandre dans son aquarium, si l'on veut, couchée sur le dos, enclose dans les bips des machines et qui remuait à peine deux mains minuscules.

« Pourquoi a-t-il des oreilles si petites ? Si dissymétriques ? Il est rouge, il m'effraie, je crains de m'y attacher. Et si mon bébé était promis à une mort précoce ? Je l'aime trop cet étranger. Je voudrais fuir très loin, ne plus jamais revoir sa tête d'axolotl. Et j'y reviens pourtant. »

Au terme des soixante-douze heures, on avait promis à Yana un « peau à peau ».

Deux femmes font disparaître les câbles et les adhésifs, leurs gestes sont lenteur. Les attaches tombent une à une. Anton est porté hors du fatras électronique par des regards et des mains sûres, belles, justes comme chaque mot prononcé. La délicatesse est science du rythme. Les masques s'évanouissent. Le ventre nu d'une mère accueille un petit être rendu à son humanité nue. Les yeux s'émerillonnent ; Anton naît véritablement.

Yana ignorait s'il pouvait vivre plus de quelques heures encore.

« Mon pauvre, mon tout petit... Dis-moi si tu souffres. Je dois te dire adieu sans doute... Si tu le demandes, je te laisse partir. Je t'aime suffisamment déjà pour te voir mourir auprès de moi. Va, mon tout joli garçonnet. Repose-toi, tu es tout beau... Je suis là. Allez, vis, si tu veux, tu ne seras pas seul dans cette nuit. »

Je sors avec mes larmes, il le faut. La porte grince, je pars sur la pointe des pieds. Je sais que la mère et le fils dialoguent un long moment encore.

Quelques jours plus tard, Anton s'extirpa définitivement de l'aquarium et de ses machines. Sans conséquences. Yana parla de prodige, de mystère, de coup de pot.

Les traits défaits se refont. Les yeux meurtris de cernures violines se rallument, l'iris retrouve son éclat vert émeraude. Un incarnat léger pare de nouveau ses joues. Le serpent blond n'a jamais quitté l'épaule.

Yana resta plusieurs semaines à la maternité. Je rendais mes visites chaque après-midi. Anton, né vivant, déclaré viable désormais, se mit à grandir très vite.

« Vous êtes le papa ? » s'enquiert une infirmière dans le couloir. Une autre qui passait la détrompe, murmure à son oreille qu'il est décédé. C'était la version que Yana donnait pour tenir à distance les curiosités, elle se déclarait veuve. En réalité, elle ignorait qui de Dima ou de Vova était le père. Elle savait une chose : aucun des deux ne pourrait l'être sans drame. Dima paraissait toujours débordé, les opioïdes ne lui laissaient aucun répit. Vova avait été interné dans un hôpital psychiatrique deux mois avant la naissance, il passerait sous un train deux mois après.

« Le paternel le plus probable, c'était lui, alors mon autoportrait en veuve, c'est à peine excessif, une intuition peut-être. »

Comme tous les bébés, Anton n'y voit goutte et joue de ses prunelles scrutatrices. Il intimide. Quand on s'adresse à lui, il impose sa gravité ; sa grâce est furtive. Il vient de loin. La fusion des gamètes dans la grande marmite silencieuse, il connaît, et si intimement qu'il n'en dira rien. Ses mots de glace sont suspendus quelque part dans le vide. Un je-ne-sais-quoi mijote encore en lui.

Je tente de m'y relier en touchant ses doigts minuscules.

Il médite : paupières fermées. Il tire la langue deux fois, les yeux s'ouvrent. Je fais face au grand inquisiteur et il accepte que je l'interroge en retour. Il décortique, il m'épluche sans ciller. Nos troubles se mêlent en un ravissement commun.

Le temps coule, ils se sont installés chez moi. Le corps de Yana se féerise au contact du babil d'Anton. Elle traverse la pièce, nue, les cheveux sans entraves, se renverse doucement sur le canapé du salon dans lequel, désormais, elle a fait son nid. J'observe sur son visage la courbe qui monte et redescend. Elle donne au bébé des sourires exacts, par rafales.

« Il aurait pu vivre éternellement en axolotl, je l'aurais aimé pareil ; je suis une mère-salamandre. »

Est humain ce qui se métamorphose pour prendre langue avec les tout-petits.

IX

Yana, Alissa et Ilya

Yana déchiffre pour moi des pattes de mouche à peine lisibles dans le carnet de notes d'Ilya Répine. Date inconnue.

« Le renard sait beaucoup de choses, le hérisson n'en sait qu'une seule, mais grande ! (Archiloque) »

Ilya Répine demandait parfois au visiteur de passage : « Vivez-vous plutôt en renard ou en hérisson ? Archiloque, le poète, dit qu'il faut choisir. Le hérisson n'a qu'un tour dans sa besace et soutient qu'il en vaut mille. Le renard possède mille tours, aucune besace pour les ranger. Ami, qui êtes-vous ? »

Ilya jouait ; c'était pour rire.

Yana riait. C'était un jeu sérieux : il y avait l'humanité hérissonne, celle qui attrape le monde avec une idée simple et centrifuge, et l'humanité vulpine, faite d'expériences buissonnantes et centripètes.

Le hérisson, on le sait, se glisse facilement dans un corps de philosophe, il aime à contempler le ciel de ses Idées ; c'est aussi un écrivain en robe de chambre, il jouit de la littérature, lui décerne volontiers le titre de vraie vie. Le renard, c'est peut-être Molière ou Shakespeare, Tchekhov assurément, mais c'est aussi la peinture de Répine, insiste Yana. C'est mille tableaux qui se foutent éperdument de leur assemblage. C'est mille visages, mille portraits. Mille ruses. Mille chemins de couleurs.

Un mois après la naissance d'Anton, elle s'inscrivit à l'université et entreprit d'étudier l'histoire de l'art. Aujourd'hui, elle sait que l'instant fut décisif, elle l'attrapa et laissa derrière elle les misères anciennes. Aucun art, aucun Dieu ne sauve – n'en déplaise aux hérissons. Yana suivait simplement la trace du renard Répine, comme elle pouvait.

Les années suivantes, elle vécut essentiellement au XIXe siècle, dans la joie. Elle ingurgitait tout ce qui de près ou de loin ressemblait à un livre, elle entassait les volumes, les fascicules et les articles, construisait dans sa petite chambre des piles qui régulièrement s'effondraient – avec ou sans intervention de l'axolotl.

Il est doux d'habiter un autre temps. On s'y essaie en lisant des mots anciens, en examinant des images, on tente de sentir et de penser ailleurs. On rêve. La distance demeure mais, cessant de s'escrimer avec soi-même, on accède parfois à une parole d'avant les mots, peut-être la marque de quelque ancêtre sous les couches d'esprit et de peau.

Elle rencontra Alissa qui débutait une carrière de comédienne au théâtre Maxime-Gorki. Pour gagner quelques kopecks, le week-end, Yana aidait à la confection des costumes, des rideaux et des tentures. Elle trimait pour les kopecks, mais aussi pour assister gratis à toutes les représentations, pour le pur bonheur d'entendre résonner sur scène « Je suis une mouette... » et « J'ai la foi, et j'ai moins mal, et, quand je pense à ma vocation, je n'ai plus peur de la vie ».

La bouche d'Alissa qui délivrait les répliques lui faisait venir une larme, puis un rire, puis un frissonnement qui partait des maxillaires, courait jusqu'à l'occipital, descendait et montait le long de son échine, ah cette bouche, elle désirait maintenant la prendre dans la sienne, et que la robe s'ouvrît, que le surjet qu'elle avait cousu très serré sautât, qu'enfin la mouette se découvrît, qu'elle exhibât toute sa blancheur, et surtout son cul, et son con, et qu'elle s'abandonnât à toutes les caresses.

Elles se plurent, burent et bavardèrent des heures dans la coulisse, bientôt Yana rejoignit l'appartement qu'Alissa partageait avec une professeure retraitée et deux étudiantes. Une communauté s'organisa : les petits boulots, les conseils de grand-mère, chacune sa chambre, mais l'entraide et la débrouille, l'amitié, les arts et les amours secrètes, les colloques dans la cuisine où se réunissait la tribu autour du thé ou du café. Anton grandit près d'un grand poêle en fonte et sur cinq paires de genoux douillets.

Yana danse sa vie sur un fil ténu, travaille dur, toujours trop, mais protégée par un clan et l'esprit d'un artiste. Elle aime Alissa, elle aime Ilya.

Répine ne fut d'aucune école mais la Société des expositions artistiques ambulantes put toujours compter sur lui. Il correspondit avec les critiques et les écrivains de son temps, il débattit, varia souvent. Il se déclarait païen tout en remerciant le Saint-Esprit de l'épauler dans son art. Toute théorie était muable et s'achevait dans un rire.

Voilà pourquoi Yana l'aime profondément.

Il fut couronné roi des réalistes. Roi des ambulants. On le jugea dans le même temps traître à la cause. Trop complexe, Ilya Répine, trop simple. On relevait ses incohérences. Trop théâtral. Trop d'imagination. Trop ou pas assez. Il s'en foutait, il peignait.

Dans les dernières années du XIXe siècle, sa main droite vient à le faire souffrir. Son médecin lui intime le repos. Alors, il bricole une palette qu'il fixe à sa ceinture et entraîne sa main gauche à manier les pinceaux. On les lui retire ? Il attrape un mégot, le trempe dans l'encre et dessine.

Yana étudiait ceux qu'elle appelle toujours *mes chers ambulants*, de braves gars, répétait-elle, qui fuyaient la censure et toutes les tutelles, l'Académie, les médailles et les palmes ; qui rêvèrent un art offert à tous, en libre vadrouille partout dans l'empire, métamorphosant les âmes et les manières de sentir, celles des peintres en premier lieu, et celles des anciens serfs, celles des enfants, celles des besogneux et celles des barines de toujours.

Elle vivait avec les tableaux, du soir au matin, dans les forêts vivantes de Chichkine, avec les cochers facétieux d'Illarion Prianichnikov, dans la neige de Vassili Pérov, aux côtés des petits corps transis, et avec la femme inconsolée du bon Kramskoï. Elle pista chacune de leur réussite, depuis le premier vernissage organisé à Saint-Pétersbourg, le 29 novembre 1871, jusqu'au dernier en 1923. Elle compta les cent neuf membres actifs, les quarante-huit expositions itinérantes qui voyagèrent jusqu'à Kyiv, Kharkiv, Kazan, Orel, Riga et même Odessa.

La tension de l'esprit finit toujours par faire monter l'excitation au fond du ventre. Yana entrebâille la porte de la chambre, sans bruit, et s'enivre un instant des merveilles qui s'offrent : Alissa, l'émoi d'un corps de femme nue sur un lit, la vie toute neuve et libre encore, le ciel de printemps par la fenêtre communiant avec son désir, comme lui brûlant déjà, et incommensurable. D'un coup, elle s'élance dans les airs et retombe exactement sur sa proie qu'elle immobilise avec ses pattes de devant. Elles s'embrassent.

« Chaque portrait est une sorcellerie », me lance Yana. Elle a retrouvé pour un soir sa place ordinaire sur mon canapé, le sien, nous sirotons nos rituels litres de thé, aromatisés d'un peu de whisky. Elle attrape le gros catalogue d'exposition à ses pieds, tape du doigt sur la couverture cartonnée.

« On dit dans ce livre que Répine fut l'artiste russe le plus important du XIXe siècle. C'est faux ! Il a peint jusqu'à ce que mort s'ensuive, son dernier tableau date de 1930. Il est du XIXe et du XXe. Pas pratique pour les classements, hein ? Né à Tchougouïev, dans l'empire russe. Pas pratique du tout : c'est aujourd'hui en Ukraine ! Il se déclarait Russe et Petit-Russien, paysan ukrainien et bourgeois pétersbourgeois. Non, vraiment, ça n'arrange personne... »

Yana se lève d'un coup, saute hors du canapé comme si elle fuyait quelque chose.

« Peintre de l'âme russe ? Je ne crois pas... Il y a beaucoup trop d'âmes pour qu'un renard n'en peigne qu'une. Regarde : voici l'âme sans âme d'Ivan le Terrible ! Page suivante : l'âme timide d'un paysan. Et l'âme mélancolique d'une paysanne ukrainienne. On continue ? L'âme folle de Nikolaï Gogol, brûlant son manuscrit. L'âme fracassée d'une révolutionnaire – comme elle est droite ! Et l'âme noire d'un bolchevik... Tiens, vois comme Répine prenait le temps : en Normandie, l'âme sublime et déguenillée d'une petite fille dans la lumière. Et l'âme d'une foule, ça existe parfois, non ? Voilà. Devant un mur de souffrance au cimetière du Père-Lachaise : des âmes entrelacées, bouillonnantes et graves, comme une âme unique qu'on fusille. Oh ! L'âme cosaque et rigolarde d'un scribe, là, avec à ses pieds celle d'un chien-loup ! De toute beauté ! L'âme léonine et niaise d'un archidiacre : pas mal. Ici, un fâcheux qui a commandé son portrait, sans âme, un tableau raté. Ça arrive. L'âme malheureuse d'un cheval que l'on voudrait embrasser. L'âme opiniâtre d'un bossu, une âme en forme de libellule… L'âme chamane de Kanine qui fit l'éducation du peintre, près de la Volga… Et l'âme amoureuse de son amour Natalia Nordman, bien sûr… »

Yana secoue sa chevelure et la tresse se défait. Le sérieux avec lequel Répine considérait la peinture lui serre le cœur. Son propre sérieux la désarme. Quelque chose s'empare d'elle, elle lutte, ses yeux se mouillent lorsqu'elle lit cette lettre où le vieux peintre dit son bonheur de pouvoir encore manger une pomme de terre chaude sur laquelle coule un peu d'huile d'olive de Provence.

Elle sourit : « De l'huile de Provence… »

X

Le vélo

Face au tableau en cours, Répine soudain se fige. Il recule de trois pas. On l'entend s'interroger à haute voix.

« Ça y est ou ça n'y est pas ? »

Dans quelques heures, dans quelques années, jamais peut-être, la phrase rituelle sera prononcée.

« C'est là, ça y est. C'est apparu. »

Elle voulait apprendre.

Nous empruntâmes le vélo de Petia et décidâmes de nous rendre rue Kapoustina, une pente douce qui longe le parc de l'Amitié, à Rostov-sur-le-Don. Un pan de la route était réservé aux piétons – c'était large, plus qu'un trottoir, parfaitement inespéré au début du XXIe siècle, alors que le monde vivait encore sous le joug des moteurs à explosion.

Je tiens ferme le guidon et le bord de la selle ; j'avance doucement aux côtés de Yana. Nous faisons plusieurs allers et retours, remontons la pente en tirant la bécane, inlassablement. Je cours et l'accompagne, tente de la lancer. Ses jambes tremblent. Elle freine des pieds, elle peste. Le vélo tombe lourdement. Nous nous égratignons, rions, insistons, puis ne rions plus du tout.

« Putain de chatte, bientôt dix-neuf ans, et je ne sais pas rouler à vélo… Anton va apprendre avant moi ! La honte… Je suis une merde. »

Le manège se répète. Ça dure tout un après-midi.

Elle ne lâchera pas. Je m'impatiente, elle aussi. Nous nous disputons, nous asseyons sur un banc, buvons une bière sous les arbres qui font une muraille verte. Nous sommes protégés.

Elle se lève d'un coup, attrape le vélo, se positionne en haut de la pente. Elle se lance dans la lumière de fin du jour, seule. Le sourire se lève comme un vent. Il emporte tout.

Elle pédale, la voix baignée de larmes.

« J'y arrive ! Regarde-moi, j'y arrive ! »

XI

Abolitio nominis

Le peintre Grigori Miassoïedov dans un entretien :

« Répine n'admettait pas qu'un tableau pût sortir de sa seule imagination. C'est sans intérêt, disait-il, trop facile. La peinture réaliste est plus exigeante, plus ambitieuse. Un jour que nous discutions paisiblement, en particulier de son travail en cours, il me demande sans ambages : "Grigori, mon cher, n'accepteriez-vous pas de poser pour mon *Ivan le Terrible* ?" Il avait observé mon visage, il était parfait selon lui, car capable de prendre l'expression d'une bête maléfique. Il m'a supplié, les mains sur la poitrine. J'ai tenté de refuser, c'était inutile. À la fin, j'ai joué les modèles, et j'y ai même pris du plaisir. »

Allongée sur un lit trop grand, raide malade, sa mère est dans les derniers souffles. Les fleurs sur le chevet sont blanches, les murs sont blancs, immaculés comme le drap qui couvre la mourante. La lumière est un marbre tiède. Yana reste d'abord pétrifiée, un instant bref, puis se dit que ce décor fantomal fera de bonnes photos. Elle s'assoit, elle hésite. Elle parle, comme par réflexe, demande si maman souffre, si maman peut l'entendre, bien que sachant que non, pas aujourd'hui. Pas plus qu'avant. Maman est à peine attachée à ce monde par une large bouche, ouverte pour mieux attraper un peu d'air ; les traits décrispés ne lui ressemblent plus. Pourquoi prononcer encore des mots d'incompréhension, le cœur lourd, pourquoi remuer la brume, se demande Yana, la grande brume tranchante dans laquelle j'ai grandi, à quoi bon ?

Elle déclenche. Le flash est cruel.

Sur le chemin de l'hôpital, elle était entrée en colloque avec elle-même, avait débattu des gestes à accomplir et des mots à prononcer le moment venu. Elle avait songé au fils Miassoïedov : Ivan. Comme elle, il avait connu très tôt le goût métallique de la baffe et la sensation du bâton sur la tête. Lui, c'était un siècle plus tôt, au XIXe finissant, sous la main d'un père qui frappait comme il peignait, le geste sec et sans repentir.

Que faire avec l'agonie de cette mère ? Ivan Miassoïedov avait son idée – Yana m'en parle comme d'un diablotin logé ce jour-là dans le creux de son oreille.

Onze ans avant la naissance de son fils, Grigori Miassoïedov fut l'un des fondateurs de la Société des expositions artistiques ambulantes, en 1870. On connaît son portrait peint par Répine : nez long, barbe longue, le visage qui s'effile comme un couperet, un sourire pincé et satisfait. On dispose de quelques photographies. Il en manque. On voudrait un portrait aux côtés de Ksenia Ivanova, son élève, qui devint sa protégée, sa cuisinière, sa lingère puis son épouse, son jouet bien-aimé et sa serpillière, au terme d'un arrangement dont on ignore toutes les clauses. On sait qu'elle lui donna un fils, Ivan, qu'elle ne fut pas autorisée à se dire mère, mais tolérée sous le titre de nounou. On sait aussi que Grigori Miassoïedov détesta cet enfant, qu'il l'abandonna vite à un peintre paysagiste,

Alexandre Kisseliov, qui en voulait bien, puis n'en voulut plus ; le père le reprit, l'expédia dans un internat ; plus tard, il le forma à la peinture. Ksenia Ivanova mourut de fièvre typhoïde, sinon de la tuberculose, les sources divergent. Ivan apprit alors qu'elle était sa mère. Il avait dix-huit ans. Le père pleura beaucoup, longtemps, seul. Après l'enterrement, le 8 mai 1899, il écrit la même lettre à quelques amis : « Ma tête, comme une vieille boîte à musique défectueuse, siffle quelque chose d'incompréhensible. »

L'année 1883, lorsque Répine entreprit de peindre Ivan le Terrible, il savait où le trouver. Il le connaissait depuis près de dix ans. Miassoïedov père s'enorgueillit, il écrivit et répéta partout que lui seul avait la figure suffisamment mauvaise, les expressions suffisamment féroces pour prendre la peau et les habits du tsar.

Qui peut sentir et comprendre le fils Miassoïedov ?

Yana vit quelques-uns de ses dessins et cette peinture folle qui montre une cohorte de démons, elle en resta ébranlée. Il écrivit un *Manifeste pour la nudité* qui scandalisa son père : elle adorait. Qu'Ivan fût féru d'Antiquité et de photographie, qu'il mêlât ses deux passions pour poser en Dionysos ou en Apollon, en Adonis ou en étalon dans des publications interlopes, elle approuvait. Il vivait à poil, et alors ? Il fut champion d'haltérophilie, lutteur, circassien et acteur de cinéma, faux-monnayeur, donc taulard, toujours artiste. Il peignit un portrait de Franco. Question de survie. Franco en fut satisfait. Parce que les circonstances l'imposaient, il fut un temps agent du renseignement au service de l'Allemagne nazie. Il sauva sa peau, se sauva de son père, voyagea dans toute l'Europe, il créa des timbres pour la principauté du Liechtenstein, il fabriqua des masques, des légendes et des papiers qui lui permirent de vivre mille aventures. Ivan mourut le 27 juillet 1953, à Buenos Aires, d'un cancer du foie.

« Je défendrai toujours les Ivan Miassoïedov », dit Yana.

Le 16 décembre 1911, le fils Miassoïedov se rend au chevet de son père mourant. Il s'assoit, il écoute attentivement le râle. Il observe avec gourmandise les traces de vie qui s'en vont. Tout le jour, il dessine et prépare ses gravures. Le lendemain, il peaufine le contour des narines dilatées, il inscrit sur le papier les touffes de cheveux ébouriffés, plantées sur le crâne chauve ; il veut rendre avec précision l'ahurissement imbécile de l'agonisant, la barbe hirsute, les mots impuissants à sortir d'une bouche qui ne se ferme plus. Les yeux sont difformes – le gauche est vivant, le droit déjà mort. Chaque dessin gravé est une volupté, datée et signée. Le 18 décembre 1911, le fils quitte les lieux. Il s'en va préparer la vente de l'ensemble des tableaux et des biens. Peu importe le prix. Tout doit disparaître.

Le père meurt seul.

Yana ne peut s'empêcher, c'est une transe.

« Un petit sourire pour la photo, maman ? Celui que tu m'as appris. Le sourire parfait, allez ! Pour l'image ! J'ai toujours tout fait, moi, pour bien l'exécuter. Tout comme il faut. Je suivais ton exemple, maman, je mangeais, pensais et respirais comme toi, je m'habillais selon tes goûts, j'étais bien coiffée – pour l'école et en toutes circonstances. Un joli petit animal savant. »

Yana cadre un profil serré : bouche ouverte, lèvres desséchées.

« J'étais ta consolation, c'est ce que tu racontais à tout le monde, un cadeau que la vie, cette chienne, t'avait fait, pour supporter le reste. Et quand nous étions seules, tu me prenais entre quat'z'yeux pour me traiter de petit singe dégoûtant, de vilain laideron, de pauvre chialeuse qui s'accroche encore et toujours aux basques de sa mère. Je suis un cadeau encombrant, me disais-je. Ou plutôt : empoisonné. »

Un mince courant d'air soulève quelques cheveux très fins. Yana déclenche.

« Tu ne veux pas sourire maman ? »

Yana prend du recul, monte sur une chaise. En plongée : une momie aux très petits pieds, irradiée de lumière.

« Maaama. Ma-man. C'est bizarre, le mot sonne faux. Ça fait longtemps que je ne l'ai pas prononcé, tu sais. J'évite. »

Elle varie les angles, descend de la chaise, remonte. Elle voudrait ouvrir les yeux de la mourante.

« Et pourquoi papa fut-il passé sous silence ? À jamais. Maman, ton mutisme, c'est dingue. Tu ne m'as jamais répondu. Je voudrais savoir : tu l'as tué ? Je pose simplement la question. On peut se la poser, non ? »

Un flash cuisant enfarine la scène.

Yana saute sur le lit. Debout, elle cadre une petite tête, comme décollée et posée sur un drap blanc.

« J'ai la sensation de ton poing sur ma mâchoire, maman, de la brosse qui m'arrachait les cheveux, de tes ongles qui s'enfonçaient dans ma cuisse. Et dans ma tête résonne la voix enfantine de Yanechka. Elle remercie, s'excuse, rend hommage. Elle te vénérait, bien sûr, comment faire autrement ? Elle voulait vivre. Peu importe tes baffes et tes mots. Peu importe la fêlure du crâne. Te souviens-tu de la radiographie ? Et de ce médecin qui la mit sous tes yeux, là, voyez madame, une fracture ancienne près de la tempe, un accident sans doute, votre fille serait-elle tombée, petite, sur la tête ? »

Gros plan sur les yeux clos cernés de bistre.

« Inutile de dramatiser : ce fut ta réponse. Et tu avais raison. Ce n'est rien. »

Yana descend du lit.

« Ce qui importe, c'est l'abandon. C'est que tu m'as foutue dehors, putain de couilles. Et jetée à l'orphelinat ! Avec la vague promesse d'être reprise, un jour, si cela ne faisait pas trop de problèmes… Pourquoi ? Mais pourquoi bordel de couilles ? Réponds ! On est gentille, mais on supporte mal, tu sais maman, d'être traitée moins bien que les chats. Eux, tu les as gardés. »

Yana scrute la peau détendue, presque aucune ride. Elle se retient de toucher.

« Dégage ! C'est ce que tu me répétais sans cesse, maman. Va-t'en ! C'est moi qui te le demande, aujourd'hui. Je pardonne tout à celle qui ne m'a jamais demandé pardon. Meurs en paix, mais ne reviens jamais perturber ni mes rêves ni ma vie. Va-t'en ! »

Une dernière photo en contre-jour. Yana repousse la porte doucement.

La semaine suivante, elle reçut son héritage : un petit appartement à la périphérie de la ville, un vieux tacot de marque allemande, une boîte à bijoux, des meubles, quelques bibelots. Elle espérait encore une découverte. Elle ne trouva rien qui lui parlât. Aucune photo, aucun écrit, aucune musique. Un désert.

Elle vendit tout ce qui pouvait l'être facilement, donna ou jeta le reste. Le fidèle Petia vint l'épauler : il désossa la voiture, récupéra quelques pièces qu'il brocanta avec la ferraille. Tout fut réglé en moins de quinze jours. Après l'incinération du corps et la dispersion des cendres dans le Don, un matin tranquille, depuis un canot manœuvré par Petia, plus rien ne subsista, sinon dans un tiroir les ultimes portraits sur le lit d'hôpital. Je les vis quelques mois plus tard.

L'axolotl a soufflé quatre bougies, Yana au téléphone, rieuse, me décrit la scène : les petits doigts plongeant dans le gâteau, étalant la crème sur les visages et sur les nez consentants de chacun des invités. Une tribu en liesse.

Tout à trac, elle m'apprend la mort de sa mère.

« Le rituel est accompli ; je ne prononcerai plus son nom. Elle est sortie de l'histoire. Je ne me suis jamais sentie aussi libre, tu n'imagines pas. Je suis d'humeur latine aujourd'hui. Sais-tu que dans la Rome antique on raffolait de l'*abolitio nominis* ? La condamnation *post mortem* à l'oubli, c'est admirable ! Un empereur avait trahi ? Un infâme avait sévi ? On légiférait et on effaçait les traces à coups de burin, de grattoir et de couteau, on rognait les peintures, on décapitait les statues, on martelait partout les inscriptions, les pièces de monnaie, on jetait dans de grands feux les portraits, les écrits et tout le fatras, quelle beauté ! La damnation mémorielle… Quelle félicité ! »

Yana ajoute : « Ce fut une sorte d'être humain malgré tout. »

XII

Crémaillère

Le poète Ivan Ivanovitch Savin dans les Dernières Nouvelles de Russie, *le 9 décembre 1925 :*

« Chaque touche du pinceau de Répine est un coup dont on ne guérit pas. »

Un courant d'air traverse la pièce. Une porte est sur le point de claquer.

Quelque chose comme un verrou a sauté. Trop tard. Yana montre les crocs et ce qui se cache derrière ; elle sillonne son appartement devenu soudain trop petit. C'est une panthère en boîte qui saute, enchaîne les pas chassés et les coups de pied. Elle sort de sa robe, la jette au sol.

« Résiliente ?! Moi ? Mes couilles, oui ! Vous n'avez rien compris alors...

Je suis l'orpheline, l'inconsolée. La ténébreuse.

Je me prénomme Yana, je ne suis pas un putain de bout de métal ou une mousse expansive adaptable, chienne de bite ! Je ne suis pas un truc qui absorbe les chocs ! Que personne ne me parle de... Cette image couillesque !... Résilience toi-même !

Chiennasse de chatte ! Le niveau d'aliénation, les gars, quand même !... Faut avoir la cervelle totale encouillée !... Non ! Non, je ne reprendrai pas forme ! Mes os sont brisés, ils n'ont rien amorti. Résilience ? Mais ta gueule ! Ma peau est déchirée et suturée, j'ai de belles cicatrices : voici. Les couches s'accumulent. Je n'ai rien surmonté. Et je suis plus forte que ce baratin couillonneux. Oui. Plus vivante que toutes les canailleries psy ! Je vous emmerde ! Mes plaies sont profondes, comme mes peines, comme mes joies. Mon désespoir reste désespéré. Mon rire est intact. Bande de cons ! Il n'y aura pas de retour au calme. Je ne me soumets pas. Allez tous vous faire cuire la chatte avec votre résilience ! »

Yana halète, elle observe maintenant les reliefs du repas qui encombrent la table. Personne pour entendre ses rugissements, personne pour l'empêcher de cogner les meubles. Petia est parti le dernier – *avec sa nouvelle greluche, mais quelle chieuse !* –, Alissa les avait précédés – *elle aurait pu rester !* –, suivie de Dima et Sacha, tous trois abrutis de kétamine et de vodka – *les connards !* Yana aurait aimé leur dire, à tous, bien en face. Elle ramasse sa robe. Ils sont partis un peu tôt, avant le lever du soleil, dommage – elle aime les fêtes qui vont jusqu'au bout. Elle est seule dans son nouvel appartement : un lieu à soi, pour la première fois de sa vie.

La porte claque.

Une chanson tourne en boucle, Yana pousse le volume. Elle hurle avec la guitare de Victor Tsoï :

« Mon groupe sanguin inscrit sur la manche
Mon numéro de matricule sur la manche
Souhaite-moi bonne chance au combat, souhaite-moi
De ne pas croupir dans cette herbe. »

Elle attrape une bouteille de cognac et la pulvérise contre le mur.

XIII

L'ombre du Terrible

Le nom d'Abram Balachov devient célèbre le 16 janvier 1913. L'homme se jette sur Ivan le Terrible et son fils Ivan, *couteau à la main, il transperce la toile.*

La fine fleur de l'avant-garde décide d'en profiter pour porter un coup décisif au vieux maître Ilya Répine. Le 12 février, les artistes du Valet de Carreau organisent une conférence à l'École polytechnique de Moscou. Maximilian Volochine, le poète, se présente à la tribune.

« C'est stupéfiant, personne n'a compris – absolument personne ! – que Balachov n'était pas un criminel mais la victime du tableau de Répine. Sa folie a été provoquée par la peinture. »

Quand Ilya Répine entreprit de déposer dans un livre son âme et ses souvenirs, ce qu'il appelait son *Proche lointain*, un complice se tenait à ses côtés. On sait ce que fut leur amitié : une fête. Korneï Tchoukovski était écrivain sans encore oser l'être, il s'adonnait en virtuose à la critique littéraire. Ilya Répine était un vieux maître. L'un jouait à prendre des leçons de peinture, l'autre d'écriture. L'un jouait la sagesse précoce, l'autre la juvénilité tardive. Ils étaient sortis des misères de l'enfance avec la même méthode : les arts. Le même caractère : doux et passionné. Les deux renards se réchauffaient, s'épaulaient et mulotaient ensemble dans d'interminables causeries. Ils se quittaient toujours à regret.

Vers la fin de l'année 1910, Korneï accepta qu'Ilya fît son portrait, le priant toutefois de ne déclencher contre lui aucun sortilège. Une rumeur circulait alors en même temps qu'une liste : des tableaux de Répine avaient tué leurs modèles !

Les deux amis égrènent le nom des victimes : le compositeur Moussorgski, l'écrivain Pissemski et le chirurgien Pirogov, tous trois poussés dans la tombe la même année, en 1881, dans les mois qui suivirent les fatals coups de pinceau ; la comtesse Louise de Mercy-Argenteau, trépassée quelques jours seulement après avoir pris la pose ; Fiodor Tiouttchev, le poète, raide avant même que le tableau fût achevé ; les haleurs de la Volga : enterrés les uns derrière les autres, alors que leurs onze gueules accablées étaient exposées de ville en ville, un peu partout dans l'empire. Sans parler de la *Session solennelle du Conseil d'État du 7 mai 1901* : quatre-vingts personnages représentés aux côtés du tsar, la moitié déjà partis à la charogne au moment où le peintre et l'écrivain dressent le bilan. Korneï a mené son enquête, il est formel : beaucoup de morts brutales – assassinats, suicides et attentats à la bombe.

Yana : « Je ne dirais pas que les tableaux ont tué, je ne dirais pas non plus qu'ils sont innocents. Dans leurs ombres, ils ont absorbé tout ce qui nous échappe : quantité d'énergie, de violence, de beauté, de vie et de mort. Les plus puissants sont capables de nous parler à l'oreille et de lire en nous. Ça perturbe… »

On débat qui de la mystique ou de la farce fit grandir la légende et le catalogue des tableaux maudits. La peinture païenne de Répine est étrangère à l'une comme à l'autre ; elle existe dans leur frottement. La mystique est une pierre à feu, la farce un silex. On les entrechoque et, l'espace de quelques secondes, une étincelle apparaît : l'énigme du vivant déposée dans une vision colorée.

Ivan le Terrible et son fils Ivan le 16 novembre 1581 est cette énigme.

Je suis assis sur le canapé de Yana, dans son nouvel appartement, elle s'étire, s'allonge et pose ses pieds sur mes genoux : « Il n'est pas interdit de penser que cette image est l'une des plus puissantes de ce monde. »

Le peintre y jette toutes ses forces lors de deux années qui sont comme une longue transe. On sait ce qu'il y met. Il l'a dit. Du sang : celui du tsar Alexandre II, mêlé du sang de ses assassins que Répine a vus exécutés, en 1881, et qui bizarrement rejoint le sang abondant qu'Ivan le Terrible répandait trois siècles plus tôt. Dans son esprit, il y a aussi le sang d'une passante qui s'écroule et meurt sur le pavé de Moscou, le sang qui s'échappe du nez de sa fille, ou du sien dans l'enfance, qui avait affolé la maisonnée, il ne s'arrêtait plus, aussi vaste que le sang qui ruisselle dans les musées européens, et qui lui a parfois giclé à la figure, le sang des

Velasquez et des Titien, des Caravage, des Rembrandt. Il dépose aussi les yeux perdus d'un taureau qu'il a croisés en Espagne, dans une corrida, il glisse l'âme de l'animal et il ajoute les manières de singe du tsar Ivan le Terrible qui lui sont venues en rêve, et la violence archaïque de Grigori Miassoïedov qu'il éprouve au-delà du supportable, et la gueule suppliciée de son ami Vsevolod Garchine, la victime impeccable, et il laisse jouer dans les pigments une musique de Rimski-Korsakov qui crie la *joie de la vengeance*. On sait tout cela, Répine l'a raconté dans des lettres et dans ses souvenirs.

On sait aussi qu'il y a plus et autre chose. Il le sait.

L'aura d'un tableau ne se mesure pas. Les désordres qu'il provoque sont une indication. *Ivan le Terrible et son fils Ivan* est montré pour la première fois au palais Youssoupov, au mois de mars 1885, lors de la XIIIe exposition des ambulants à Saint-Pétersbourg. L'Académie des arts, le Saint-Synode et le procureur en chef Constantin Petrovitch Pobiedonostsev unissent immédiatement leurs forces dans le but d'empêcher la présentation publique de l'œuvre. Alexandre III se voit dans l'obligation d'intervenir. Le tableau est censuré.

Le tsar pourtant changea d'avis. Il se laissa convaincre par le peintre Alexeï Bogolioubov qui avait son oreille. Certes, l'image était répugnante, immorale et fausse. Certes, elle travaillait contre l'autorité. Mais la peur du ridicule, la peur de paraître pour pétochard et philistin l'emporta sur toute autre considération.

Le 11 juillet 1885, la toile est de nouveau visible à la galerie Tretiakov. Les Moscovites se pressent. Certains attendent plusieurs heures avant de pouvoir entrer. Les journaux rapportent des évanouissements nombreux, un silence sépulcral face au tableau, puis des cris, de rage ou d'indignation, de douleur, un homme est pris de convulsions.

Parmi la foule, il y a Vsevolod Garchine venu contempler son visage. Il a posé de longues heures, des jours entiers dans le costume du fils agonisant, comme hypnotisé par le pinceau et le couteau du peintre virevoltant sous ses yeux. Le voilà maintenant troublé par la magie du tableau et *heureux de vivre au siècle d'Ilya Répine* – il répétera cette phrase plusieurs fois ce jour-là. Garchine ne dit pas à ses amis s'il sent battre sa tempe à l'endroit où le tsar a frappé sur la toile.

Grigori Miassoïedov est présent, lui aussi. Il se déclare satisfait de sa figure et n'étonne personne, des années plus tard, lorsqu'il manque de tuer son fils à coups de bâton et de poing.

Des centaines d'articles furent publiés, les reproductions inondèrent l'empire ; les pigments sorciers agissaient.

Les histoires autour d'*Ivan le Terrible et son fils Ivan* forment un entrelacs infigurable. Parmi elles, il y a celle d'Abram Balachov.

Yana s'anime : « Ma préférée ! »

1913. Le jeudi 16 janvier. Abram Balachov se réveille aux aurores, il écrit à sa sœur : « Avant la fête de la Théophanie, dimanche, tout aura été accompli. » Il dit qu'il se sent doué de clairvoyance et de but, qu'il est heureux. Un sourire béat ne le quittera plus désormais. Il baise longuement l'icône du Christ accrochée au-dessus de son lit – elle est de la main de son père. Il se prosterne, reste un temps le front posé contre la pierre glaciale. Il se met en route : les épinettes et les pins, puis les grands chênes, puis l'immense patinoire sur l'étang du Patriarche. Rue Myasnitskaya, il entre dans le magasin Robert Kentz, achète un couteau serpette, idéal pour le jardinage lui précise la vendeuse ; il le glisse dans sa botte gauche. Il prend le chemin de la place Rouge en chuchotant dans sa barbe des prières.

« *Gospodi pomilui*... Seigneur, aie pitié de moi... »

Il s'arrête devant la cathédrale de l'Intercession de la Très Sainte Mère de Dieu. Il se signe et se prosterne. Il hésite ; il entre. Il baise toutes les icônes à portée de lèvres, ainsi que le fit trois cent cinquante ans plus tôt Ivan le Terrible, au même endroit, après sa victoire sur les Tatars de Kazan.

Il traverse à grandes enjambées la Moskova, il souffle et psalmodie de plus en plus fort. En moins de quinze minutes, il a rejoint la galerie Tretiakov. Il se réjouit jusqu'au chant.

« *Gospodi pomilui, Gospodi pomilui, Gospodi pomilui, Goooo-spoooo-diiii poooo-miiii-lui.* »

Devant le tableau, son corps se fige. Il tient longuement le tsar et le tsarévitch dans son regard ; durant quelques secondes, les couleurs le portent. Ça suffit. Il hurle.

« Que cesse le sang ! »

La serpette jaillit de la botte, frappe la toile trois fois, transperce les visages.

Alerté par les cris, le conservateur Khrouslov reconnaît Abram Balachov, ce visiteur que l'on croise souvent à la galerie, absorbé dans la contemplation. Il ne comprend pas.

Balachov s'éloigne.

Khrouslov s'approche du tableau, constate la défiguration. Une envie de vomir le prend. Il observe sans bouger la lame fichée dans la traverse de bois, derrière la toile.

Un mois plus tard, il se jette sous un train.

« L'ombre du Terrible, c'est ça : une embuscade de couleurs agissantes. C'est dans notre tête. On s'y perd et on s'y trouve. »

XIV

Le duel

Le 12 février 1913, Ilya Répine se tient au fond de la salle, caché dans le public de la conférence. Après l'intervention de Maximilian Volochine, il ne peut se contenir.

« Je trouve étrange que les gens rassemblés ici veuillent parachever l'acte de Balachov... Vous voulez faire disparaître mon tableau, vous le jugez trop sanglant ?... Mais quelle sera la suite ? Brûler Shakespeare ?! »

Face au miroir, Yana contemple le serpent blond qui s'agite, elle le soulève de son épaule ; elle lui parle.

« Putain, il répond, il bouge le petit couillon ! »

Elle adresse un sourire à son sourire, puis un regard grave.

« Ne t'inquiète pas, je vais le faire taire. »

Elle serre les dents. Elle tourne la tête.

Elle tranche la tresse d'un coup de ciseaux sec, la laisse tomber à terre.

Elle est satisfaite. Le serpent est muet.

Elle pousse un cri du fond des âges.

XV

Le cas Stolypine

Après une séance de pose avec le Premier ministre Stolypine, Ilya Répine se confie à son ami Korneï Tchoukovski :

« Étrange : les rideaux de son bureau sont rouges, c'est du feu, c'est du sang. Je le peins sur ce fond de flammes sanguinolentes. Et il ne comprend pas que c'est le fond de la révolution... »

Yana était radieuse. Le *Journal des arts* acceptait de publier son premier article universitaire : l'étude d'un portrait de Piotr Stolypine. Elle commençait par cette phrase : « Tous mes remerciements à Ilya Répine et Yoann Barbereau. »

1911. Le mois de janvier. Une commande : la douma de Saratov souhaiterait une jolie peinture représentant le Premier ministre Stolypine. Répine ne sait comment refuser poliment, l'Administration se plie à toutes ses conditions. Il fait lanterner.

Piotr Stolypine fut un infâme particulièrement habile dans l'exercice de la répression. On parlait alors des *cravates Stolypine*, c'est-à-dire des gibets conçus pour pendre rapidement quelques milliers d'opposants au régime tsariste.

L'ami Tchoukovski conseilla d'accepter et de donner le juste portrait du personnage. Une plaisanterie se mit à courir parmi les écrivains et poètes de la revue *Satyricon* : le célèbre Ilya Répine, capable d'envoyer n'importe qui dans l'au-delà en peignant son visage, allait enfin débarrasser le monde de ce salopard de Stolypine. On publia des encouragements, des caricatures et des vers satiriques plus ou moins cryptés. Le sort en était jeté.

Après la dernière séance de pose, le Premier ministre saute dans un train. Des affaires urgentes. Il est attendu.

Quelques jours après, le 14 septembre, il assiste à la représentation du *Conte du tsar Saltan*, à l'Opéra de Kyiv, en présence de l'empereur Nicolas II. L'avocat anarchiste Dimitri Bogrov est prêt. Il sort un pistolet, tire à bout portant. Deux balles traversent la poitrine du Premier ministre. L'agonie commence. Il meurt à l'hôpital le lundi 18 septembre.

Yana est allongée sur le ventre, elle fixe intensément une reproduction : « C'est très clair, Répine l'a tué. Pas seul, bien sûr, ils étaient quelques-uns à remuer les puissances pour que disparaisse cette ordure de Stolypine. Le tableau a pris sa part. »

Dans la revue *Satyricon*, le 18 septembre, la rédaction publia un laconique : « Tous nos remerciements à Ilya Répine. »

Le premier article de Yana pour le *Journal des arts* fut aussi le dernier. Il était temps de passer à autre chose. Une matinée chaude de juillet, je reçus un message :

« Yoanntchik, j'ai décidé de devenir archéologue ! Ou anthropologue. Ou ethnologue. On verra. Je suis tellement heureuse. Il faut que je te présente Viktor… »

XVI

Yana entrelacée de Vsevolod Garchine

Vsevolod Garchine a vingt-huit ans. Il a publié une poignée de nouvelles, il est déjà célèbre. Répine le rencontre, il est traversé par un grand bloc d'idées et de sensations.

« Je fus frappé par l'irrémédiable dans le visage de Garchine. Il avait le visage d'un être promis à une mort violente. C'était exactement ce dont j'avais besoin pour mon tsarévitch. »

Je reconnais sa bouille jubilante sur la photo, c'est bien l'axolotl : il souffle une bougie en forme de cinq. Le gâteau est presque aussi haut que lui. L'image est inscrite sur un téléphone, Yana le brandit aux yeux du monde avec cette fierté de soulagement qu'ont ceux qui reviennent de loin. C'est la démonstration d'une réussite inespérée.

Nous sommes à Saint-Pétersbourg. L'année 2008.

Le musée de l'Ermitage organise une journée d'étude autour de l'archéologue Viktor K. qui dirige les expéditions et les fouilles pour l'université de Rostov-sur-le-Don. Son équipe au complet est conviée – Yana patiemment s'y faisait une place.

J'avais quitté la ville des Cosaques, nous ne nous étions pas vus depuis près de deux ans. La conférence de Saint-Pétersbourg fut mon prétexte.

Je brûlais de retrouver Yana.

Elle est habitée alors, ne parle plus que de cavaliers inventant dans la steppe le premier empire nomade. Elle voit s'animer en rêve des guerriers aux yeux gris et aux cheveux roux, elle me raconte comment Cléomène, le roi de Sparte, perdit pour toujours la raison en buvant « à la scythe » des alcools raides, servis par les diplomates barbares.

Nous avions convenu de nous retrouver au cimetière Volkovo, où nous irions saluer une vieille connaissance.

Nous prenons l'entrée ouest, errons un peu parmi les arbres, les monuments funéraires, les bustes et les buissons. Une longue allée, nous y sommes : la passerelle des écrivains. Je cherche la tombe de Vsevolod Mikhaïlovitch Garchine.

Nous marchons sur un tapis de feuilles, Yana lance dans les airs de pleines brassées couleur d'automne, sa joie tranche dans la brumaille, et d'ailleurs :

« Tout le monde se fout de Garchine, tu sais. On l'a oublié. »

Yana le porte dans son cœur, c'est un être cher que lui présenta un jour Ilya Répine. Le peintre attrapa son visage comme la providence. Vsevolod Garchine était le fils parfait, le martyr supérieur qui répondrait au tsar tout-puissant. Il avait le profil : une gueule effondrée, une gueule à prendre des coups, mais surtout, la bonté inscrite dans les traits.

Alors, elle lut Garchine, il le fallait.

Elle avala les trois petits volumes des œuvres complètes en trois jours. Elle dénicha la correspondance. Sa passion la conduisit au musée Pouchkine, où elle demanda à consulter les brouillons d'un texte jamais publié et qui disait la guerre des hommes à travers les yeux d'un chien.

Le 5 avril 1888, l'écrivain décide d'en finir. Il a trente-trois ans. Il se suicide sans méthode, en se jetant dans la cage d'escalier. Son pied s'accroche à un poêle, se brise en même temps que la jambe ; le mur cogne violemment contre la tempe.

C'était un peu moins de trois ans après l'exposition d'*Ivan le Terrible et son fils Ivan* à la galerie Tretiakov. On sait que la tête fut frappée à l'endroit exact où le bâton d'Ivan le Terrible avait ouvert une plaie sur la toile. L'agonie de Garchine dura cinq jours, peu ou prou comme l'agonie du tsarévitch.

Répine trouve la paix au mois de janvier 1885. Un dimanche. Dans la lumière du matin, il pose une dernière touche sur le visage du tsarévitch. Il réfléchit un instant aux deux années de labeur, aux doutes et aux tourments. Cela les vaut. Il recule de trois pas. Il ferme les yeux, les rouvre. Il aime Garchine, il aime le monde. Il inspire profondément. Dans un souffle, il prononce la formule rituelle : « C'est là, ça y est. C'est apparu. »

Yana m'en parle comme si elle l'avait connu.

« Vsevolod est né en Ukraine, tu sais, ainsi que Répine, ainsi que mon père. Il était grand, mince, vêtu toujours d'une capote militaire, vivait assez pauvrement. Il ne s'autorisait jamais un mot plus haut que l'autre. Répine avait raison : il semblait n'être pas de ce monde, avec sa douceur surnaturelle et son intelligence indifférente aux modes. Il passait des heures à travailler la reliure des livres de sa bibliothèque, car ce plaisir autorisait la méditation profonde. Il aimait contempler le ciel et les étoiles, comme moi, il connaissait intimement la solitude de la steppe. »

Il faisait parler dans ses textes les plantes et les animaux, les insectes, un palmier immense et une petite touffe d'herbe – cela rendait Yana euphorique.

Tolstoï fit l'éloge de sa première nouvelle publiée, le monologue intérieur d'un soldat à l'agonie, quatre jours durant, face au cadavre de l'ennemi qu'il vient d'abattre. La guerre, il connaissait,

Garchine, il en revenait. Il fut louangé, adulé, invité dans les salons et les conférences littéraires, copié et traduit. Portraituré. On écrivit qu'il était la conscience même de l'époque. Puis, on l'oublia. L'époque mourut avec lui, une autre commença.

Répine ne l'oublia jamais. Il considérait de son devoir de préserver en peinture quelque chose de l'écrivain.

« Parcelle 14 : Vsevolod Mikhaïlovitch Garchine. J'ai trouvé ! Oh, et regarde qui loge à ses côtés, mais, mais… C'est Faoussek ! »

Viktor Andreevitch Faoussek, le fidèle allié, ne cessa jamais de lui rendre hommage. Il prénomma son fils Vsevolod, obtint d'être enterré tout contre lui. Les deux amis, ensemble, au cimetière : Yana m'attrapa la main, elle était bouleversée.

Elle m'annonça un jour, presque solennelle, qu'elle n'avait jamais rien lu de plus vrai que *La Fleur rouge*, où Garchine raconte un hôpital psychiatrique. C'est une folie de papier, dite avec la distance d'un personnage, et pourtant c'est aussi une folie de chair et d'os : pas tout à fait celle de l'auteur, mais la sienne malgré tout. Pas tout à fait celle de Yana, mais…

« Si, bien sûr, c'est la mienne, corrige-t-elle. *À peu près* la mienne, car la folie est toujours *à peu près.* »

Yana connut comme Garchine l'internement. Elle n'en parlait jamais. Elle m'en parla une fois. Elle vécut six mois dans cette *maison* dont elle taisait le nom.

Elle a seize ans. À trop additionner les ombres, elle remonte jusqu'à d'étranges questions, un soir de septembre, dans l'orphelinat où elle habite depuis quelques années. Elle veut percer les mystères qui sommeillent au plus profond des signes ; elle cille sous leur aveuglante clarté ; elle ressent une brûlure ; c'est trop tard. On la retrouve tremblante, à demi nue, assise sur son lit. Elle est sortie de sa vêture existentielle. Quelque chose dans le cerveau s'est bloqué, c'est une vision qui gronde, une impression insistante, quelque chose de cruellement comique, quelque chose d'acide et de grinçant ; elle constate soudain que les mouvements du corps sont désordonnés, elle ne décide plus, elle panique en gestes clownesques. Puis, c'est la prostration. Des voix en elle tiennent des colloques interminables, mais plus rien ne peut être prononcé pour le dehors. Elle est là, puis elle n'est plus là. Elle n'est qu'un souffle. Le temps et l'espace ne sont plus son affaire. C'est une crise catatonique, imaginent les soignants, un début de schizophrénie, sinon un trouble bipolaire ou un syndrome post-traumatique. C'est autre chose, me dit Yana.

Ce que peut la douleur du fond du ventre. As-tu déjà une seule fois regardé le monde en te disant : c'est le cadavre en moi qui observe ? As-tu senti un jour la femme morte installée à l'intérieur de tes yeux ?

Ce qu'elle vit dans les pigments sorciers de Répine comme sous les mots chamanes de Garchine, c'est un frère d'âme. Elle était sœur de l'homme qui avait écrit cette phrase à la fin de *La Fleur rouge* :

« Les étoiles scintillaient amicalement et l'irradiaient jusqu'au cœur. »

Yana la prononce très haut, elle détache chaque syllabe. Elle dépose sur la tombe trois coquelicots.

XVII

Belletriste

Dans son introduction à Proche lointain, *Korneï Tchoukovski a cette phrase :*

« Répine est un grand peintre, mais aussi un écrivain, un belletriste dans le bon sens du terme. »

« C'est drôle, me dit Yana en levant la tête de son livre, plus personne aujourd'hui ne parle de “belles-lettres”.

– Quelques historiens, à l'occasion.

– Et quelques oiseaux anachroniques.

– On est passé à autre chose.

– On n'écrit donc plus rien de beau aujourd'hui ? Il n'y a plus de belletriste ?

– Belletriste ?

– Tu ne connais pas le mot ?

– Non.

– Non !?! Les Français ont les belles-lettres, mais ne savent pas comment nommer celui qui les pratique ?

– Un écrivain. D'accord.

– Justement pas ! Les écrivains, c'est autre chose. Aucun intérêt. Je veux parler des belletristes.

– Les précieuses et les bellâtres des lettres ?

– Mais non ! À quel moment tout s'est mis à dérailler ?

– Assez vite, j'en ai peur. Ce moment où un esprit confus a déclaré sa fiction plus vraie que tout le reste…
– Garchine avait raison, les romanciers sont des pitres.
– Ceux qui t'expliquent que la vie est un roman…
– Et que le roman seul sait dire la vie… Des salopards !
– Des racailles !
– Pour dire le cœur et approcher le peu dicible, il faut de justes belletristes.
– Des artistes de la lettre.
– Des artisans plutôt.
– C'est la même chose.
– Écrire, c'est un artisanat existentiel.
– C'est fatigant.
– Un drame !
– Être et ne pas être un belletriste.
– L'être dans le bon sens du terme.
– Comment ?
– C'est ton problème. »

XVIII

Agreste

Dès qu'il le pouvait, le plus souvent en été, Répine retournait dans les environs de Tchougouïev, son village natal.

« Ici, je me suis trouvé plus d'une fois émerveillé devant la beauté majestueuse, quoique tranquille et silencieuse, de la nuit ukrainienne... Je suis incapable de la décrire... »

Yana se souvient du village, de la forêt et des étoiles de son enfance. Elle s'allongeait sur l'herbe courte, au milieu de la grande clairière, pour contempler à son aise ; elle s'abandonnait sous les jupes somptueuses du ciel, y trouvant de la chaleur, du repos, un brin de féerie et de tendresse.

Elle redevient taiseuse – en ces instants, elle appartient à l'humanité agreste, celle qui parle sans mots. On ne l'écoute jamais.

Elle songe au silence souverain de cet homme apparu sous ses yeux ébahis, un soir qu'elle bavardait avec le firmament. Elle pouvait avoir huit ou neuf ans. Il avait bondi d'un fourré, l'air perdu. C'était un évadé. Il avait vécu seul on ne sait combien de saisons dans la taïga, n'était plus doué d'aucun langage. Son corps avait fusionné avec l'humus et le végétal : la peau sur les bras était une écorce parcourue d'insectes ; des branchettes sortaient du cou pour prolonger les jugulaires ; la chevelure s'épanouissait en compagnie de petites lianes ; la barbe faisait une mousse olivâtre, spongieuse et vivante. Deux prunelles ravies émergeaient de ce visage argileux. Yana n'avait ressenti aucune peur en le voyant. C'était un esprit sylvestre, voilà tout. Elle apprit deux jours plus tard qu'il s'agissait davantage d'un être humain – elle eut peine à le croire. Sa mère et quelques femmes du village lui offrirent un peu de soupe, du pain, du lait et des fruits. Il mangea, puis repartit s'enfouir parmi les plantes, les rochers et les bêtes.

Yana voudrait retrouver la forêt, la laisser grandir en elle. Des sensations lui manquent comme celles des feuilles qui se mettent à parler avec le vent.

Depuis la ville, le ciel est presque vide, les étoiles sont confuses. La lune déçoit. Les arbres sont mutiques.

« Mais où sont les ciels d'antan ? »

XIX

L'hypothèse kourgane

Dans Proche lointain *:*

« La virtuosité du pinceau n'est pas mon affaire. L'essentiel a toujours été pour moi : le corps en tant que corps. »

Lorsqu'un désir irrépressible d'amour titille son corps et s'impose au grand air, Yana parle de *tester l'hypothèse kourgane*.

Il y a peut-être sept mille ans, les humains qui vivaient dans les régions du Don et du Dniepr eurent l'idée de bâtir des maisons pour les morts. On privilégiait en général les illustres, on déposait délicatement leurs cadavres qui sont aussi des âmes, on leur donnait pour compagnons des objets, des vêtements, des plantes et des animaux ; on recouvrait ensuite l'édifice pour former une colline artificielle.

Les tertres funéraires ont fleuri durant des milliers d'années.

Un peu avant l'âge du bronze, on les trouve sur l'ensemble de la steppe pontique, de l'embouchure du Danube jusqu'au fleuve Oural ; il en naît plus tard dans les montagnes de l'Altaï, en Sibérie orientale, et jusqu'au fleuve Jaune.

Sur de vastes étendues de plaine, aujourd'hui, ce sont les seuls reliefs, des balises que l'œil ne sait plus déchiffrer vraiment, et qui sont des morceaux de notre humanité.

Ces tumuli portent le nom de *kourganes*.

« Et Marija Gimbutas est leur meilleure lectrice, me dit Yana, et leur traductrice, capable de voir en esprit les civilisations perdues, de percevoir les dieux et les déesses inconnues, d'entendre la langue de la vieille Europe enfouie sous toutes les nôtres. »

Comme Garchine ou Répine sont ses frères artistes, Gimbutas est sa sœur archéologue, pas moins artiste, qui vécut une vie entière au paléolithique, puis au néolithique, plongeant dans l'étude, arpentant les sites, palpant les objets jusqu'à penser et sentir comme personne. Dans les années 1950, elle émet une hypothèse que les travaux des anthropologues, des généticiens et des linguistes n'ont cessé depuis de confirmer. On peut la formuler simplement : l'ensemble des langues indo-européennes est sorti d'un berceau unique. Toutes viennent d'une langue mère inventée et parlée par ceux-là mêmes qui se mirent à bâtir pour leurs morts des kourganes, dans le sud de la Russie et de l'Ukraine.

Les mots sur cette page, les vôtres peut-être, sont un héritage des nomades des steppes. Yana est née sur ce territoire, son père près d'un fleuve appelé Dniepr, sa mère près d'un fleuve appelé Don. Des guerres nombreuses se jouèrent là, un peu autour, un peu partout, un peu tout le temps ; il s'en joue une de nouveau au moment où ces phrases sont posées, entre les deux fleuves.

« Et si nous allions tester l'hypothèse kourgane ? »

Yana est fourbue, satisfaite. C'est le mois d'août. Une chaleur de fin de chantier. Elle a manié la pioche tout le jour, pelleté, poussé des brouettes. Le mur est superbe. Des indices confirment les intuitions : nous sommes au IIIe ou au IVe siècle avant notre ère. Peut-être dans les abords d'une ville. Viktor qui dirige les fouilles est aux anges, on y verra plus clair demain. Les joies des archéologues tiennent à peu de chose : des pierres joliment dégagées, quelques traces laissées dans la terre par des poteaux disparus.

À moins d'un kilomètre, on trouve un kourgane, un parmi des milliers. Il sera peut-être exploré un jour. Yana en rêve. Son désir le plus profond serait de mettre au jour une tombe antique. Mieux encore : préhistorique.

Pour l’heure, elle peut rejoindre et fouler du pied le tumulus intact. Elle le veut, elle veut Viktor aussi, qui est doux et docile, beau, fort comme un homme du néolithique tardif. Elle en a fait son mentor et son amant. Elle l’embarque. Ils sont seuls, ils se promènent. La lumière est bonne, on respire. Elle gambade, parmi les herbes, dans la robe de mousseline qu’elle vient d’enfiler après de rapides ablutions.

Arrivée au sommet, Yana se défait de son vêtement comme d’une mue. Viktor, prévoyant, étale une couverture sur l’herbe jaunie. Elle s’y couche, écarte les jambes. Un vent léger passe sur ses grandes lèvres, sur son buste puis dans son cou, c’est un ravissement. La main délicate de Viktor effleure sa vulve, à peine, quelques lèchements récréatifs, l’autre main se promène gentiment sur le ventre, sur les seins électrisés. Ils s’embrassent, c’est lent et c’est plein de minutie. Elle décide soudain de se soustraire aux caresses ; elle se redresse. Ensemble, ils ôtent maladroitement le pantalon de Viktor, la chemise suit tout aussi laborieuse. Yana attrape la queue d’un geste tendre et la fait rouler entre ses doigts humectés de salive. Qu’elle soit raide ou ne le soit pas, elle ne l’accueillera jamais dans son con sans au préalable l’avoir saluée de sa bouche, même brièvement, toujours avec les plus grands égards – c’est un principe, son plaisir l’ordonne.

Elle se met à quatre pattes et présente son cul en riant. Elle baisse la tête pour observer entre ses jambes le très court mouvement de va-et-vient qui commence ; son excitation décuple.

« Nous chevauchons dans la steppe, Viktor ! »

Yana redevient sérieuse, éperdue, puis se laisse aller à de longs cris sonores ; ils s'évanouissent dans la steppe. Elle creuse encore le dos et relève bien la tête, pour la beauté et parce que c'est un délice d'opposer plus de résistance au bassin de Viktor, il frappe avec force et avec passion. Elle observe maintenant le paysage, les lumières du campement qui s'allument au loin, elle voit en esprit des guerriers scythes, leurs étreintes âpres mêlées de mots oubliés. Elle hume l'odeur des chevaux et des biches, elle pense aux langues, aux divinités sans nom, à la lune. Ses yeux sont mouillés. Elle est heureuse.

Yana se relève. Elle marche nue et libre, dans l'air tiède, chaussée de ses baskets noires, une robe de mousseline à la main. C'est une renarde aux pattes fauves, le ventre et le cou sont blancs. La chevelure est rousse désormais.

XX

La kacha

L'année 1883. Pavel Tretiakov est face à la Procession religieuse dans la province de Koursk. *Le tableau est presque achevé. Et si on modifiait la grand-mère qui porte une icône miraculeuse ? Si on la remplaçait par une jolie jeune fille ?*

Répine sourit.

« Il n'y a que le vrai qui compte. Et ici, le vrai, c'est une petite vieille ratatinée ! »

Yana observe la kacha bouillir sur le feu.

Depuis qu'elle a étudié la question de l'infanticide, elle regarde le lait différemment.

Au Gujarat, quand on voulait se débarrasser d'un nouveau-né, en général une fille, on invoquait la coutume du premier bain au lait chaud ; on jetait l'importune dans un chaudron bouillant.

Des bulles éclatent à la surface. Les pensées de Yana se perdent dans la vapeur : la pratique a-t-elle toujours cours, en Inde ou ailleurs, à côté de la sélection des fœtus ou des plus classiques étouffements, noyades, strangulations et empoisonnements ?

Certaines mères chutent dans un deuil sans fin après la mort d'un enfant, d'autres vivent mieux après l'avoir exécuté sèchement. L'humanité est étonnante.

Quelle méthode serait la plus aimante et la plus maternelle ?

Le lait cuit la semoule de blé, Yana touille et dévisage Anton.

Elle se baisse, attrape ses petites mains : suis-je une mauvaise mère ?

XXI

Lointaine

1892. Le 21 mai. Une matinée fraîche, quelques gouttes de pluie. Ilya Répine sort d'un sommeil pénible. La chambre lui paraît étrange, il ne reconnaît plus son lit. Il ouvre grand la fenêtre ; il est à Saint-Pétersbourg. Son amie lui manque ; il attrape une feuille de papier, une plume ; il écrit à Tatiana Tolstoï.

« Un presque rien suffit parfois à provoquer chez certains la rupture. À ceux-là, il est vrai, la distance et la communication par pur esprit conviennent très bien. Mais un païen dans mon genre préférera toujours la plus grande proximité, les liens les plus étroits et rien d'autre. »

Nous nous appelions souvent.

J'avais quitté la Russie, Yana l'arpentait, étudiant l'anthropologie et l'archéologie – elle trouverait bientôt les moyens d'en faire un gagne-pain.

Nos échanges s'espacèrent, devinrent de plus en plus brefs, on s'accrocha quelque temps aux *joyeux anniversaire*, aux *bonne année* ; puis un jour : plus rien. Elle cessa de m'écrire, je laissai la distance grandir entre nous. Pourquoi ? La géographie seule n'explique rien.

Il est des métamorphoses qui imposent leur silence.

Les années filèrent, Yana ne disparut pas entièrement de mon horizon, elle produisait parfois des autoportraits sur les réseaux sociaux ; je les contemplais au loin, toujours curieux, je les recevais avec émotion, avec inquiétude. Je les attendais.

Elle est maquillée d'élégance. Autour de son cou, des parures d'or et d'argent s'étagent jusqu'au menton. Elle prend la pose. Je cherche le serpent blond disparu. Les cheveux raccourcissent puis s'allongent, se teintent de mèches brunes puis rouges.

Plus aucun mot ne passe d'elle à moi, demeurent des images légendées et muettes comme d'odieux sphinx.

Elle les publiait sans vraiment savoir pourquoi, comme nombre d'entre nous, dispensant quelques bons mots à l'occasion pour amuser son monde. Elle donnait à voir sans rien dévoiler, ne cherchait ni à dissimuler ni à partager. Je l'avais vue jadis s'infiltrer partout et danser dans toutes les sociétés, étudier et emprunter tous les costumes, tous les accents, montrant les crocs s'il le fallait, badinant avec les cosaques badins, dissertant avec les faux philosophes, se jetant tête baissée dans les joutes et les séductions oratoires qui sont aussi des manières de grimper à l'échelle quand on est né tout en bas. Elle ne restait jamais seule, le jeu l'amusait. Sur écran, il n'avait plus aucune saveur, elle y sacrifiait sans conviction.

Une photo d'Anton, de dos, face à la mer : il fête ses sept ans. Un unique commentaire, en lettres capitales : AMOUR.

Puis : Yana en archéologue victorieuse parmi les restes d'une civilisation, une hache levée vers le ciel, Yana et la danse de ses doigts très fins que la lumière traverse, les lèvres rouges de Yana posées sur la joue gauche d'Anton, Yana méditant dans une yourte, allongée parmi les peaux de bêtes, ne voilant que modérément sa poitrine, le long cou de Yana habillé d'un torque en or massif, les fesses ostensibles de Yana rôtissant sur une plage de sable délicat, Yana trinquant, cocktail à la main, et souhaitant à tout le monde une année nouvelle remplie de joie, de sérénité et d'orgasmes à répétition.

Ces cambrures et ces visages me sont à la fois proches et étrangers : c'est une autre Yana, souveraine prisonnière des images qu'elle fabrique, et c'est la même Yana, celle que je connais, l'inventrice, libre de quitter la partie lorsqu'elle l'entend.

Une nuit d'hiver, elle fatigua et résolut de tout brûler. Elle supprima l'ensemble de ses portraits, les blagues, les quelques courts textes ; elle conserva les paysages.

Comme il est doux de s'effacer.

Lorsque j'entre son nom dans un moteur de recherche, je trouve trois petites lignes et un visage de pixels, perdus quelque part dans la mémoire d'une université. Le reste a disparu.

Elle publia deux derniers mots écrits en lettres blanches sur fond noir.

Abolitio nominis.

XXII

L'alliée de Kyiv

Igor Grabar prend la direction de la galerie Tretiakov le 2 avril 1913, peu après l'attaque au couteau serpette. Il est restaurateur, sa première tâche sera de redonner vie à Ivan le Terrible et son fils Ivan.

« La puissance païenne de l'art, ce que Répine appelait parfois sa "manière scythe", est perceptible non seulement dans les paysages, mais dans tous ses tableaux importants. Il ne se contente pas de fixer une matérialité, il fait l'expérience de la beauté du monde vivant. »

Elles échangent des messages depuis de longs mois. Elles se sont rencontrées en ligne, sur un forum dédié aux Scythes.

Macha habite Kyiv.

Elle est enseignante et archéologue. Elle corrige parfois les travaux de Yana, lui transmet des articles, elle conseille ; c'est une voix qui encourage, rassérène quand Anton est malade ou ne dort plus ; elle est lointaine, elle est présente. Yana attribue très vite un surnom à son amie presque tombée du ciel : l'alliée de Kyiv. Elle doit finir sa thèse de doctorat, elle voudrait abandonner, elle ne sait plus. Heureusement, il y a Macha.

La Scythie et les Scythes les rassemblent.

La Scythie où naissent et s'inventent les cavaliers nomades vers le VIIIe siècle avant notre ère : un carré de quatre mille stades de côté, a mesuré Hérodote avec précision, soit vingt jours de marche. Disons sept cents kilomètres.

« À l'extrémité orientale : Rostov-sur-le-Don. Kyiv est à la limite septentrionale du territoire. Les Scythes chevauchent de toi à moi, répète Macha à son amie. Les archers virtuoses nous relient en esprit et en sensations ! Ils décochent à dos de cheval. Leur puissance est celle de l'œil, alliée à la main, alliée à l'esprit qui funambule sur la selle. *Ssssscythe*. Écoute, Yana, le sifflement des flèches à nos oreilles. »

Les Scythes n'écrivent pas ; les Grecs les écrivent, ils les nomment Barbares.

« Écoute, Yana, le philosophe scythe Anacharsis lorsqu'on lui demande ce qui chez les humains est à la fois bon et mauvais ; il répond justement : "La langue". »

Les archéologues tâtonnent, vadrouillent de kourgane en kourgane et s'éloignent toujours plus loin des limites du carré d'Hérodote. La réécriture de l'empire nomade n'a jamais cessé. On bricole du lisible parmi les restes des rois et des reines, avec les ossements, avec les poussières végétales, avec les miettes textiles et l'orfèvrerie délicate, tout un bestiaire vivant fondu dans les métaux nobles, guépards, sangliers, bouquetins et griffons qui courent sur les dagues, les miroirs, sur les gorytes comme sur les pendentifs en croissant de lune.

Macha a fouillé un kourgane. Yana l'admire et l'envie. Elle rêve dans les livres les chevaux psychopompes, les sacrifices rituels et les transes des chamanes, les divinités sans temple que les nomades portent comme les cosmogonies : gravées à la ceinture. Leur mythologie animale est muette aujourd'hui.

« Et pourtant, le galop aérien du grand cerf qui surgit de l'or nous fascine, les félins qui s'entre-dévorent pour l'éternité nous parlent intimement. Nous sortons tout droit de cette Scythie… »

À la fin de l'Antiquité, ils sont partout, ils disparaissent. Sur la vaste bande herbeuse, du Danube jusqu'au fleuve Jaune, les Scythes auront dessiné entre l'Europe et l'Asie un immense trait d'union fait de tentes, de charriots, de kourganes et de savoirs qui ne s'écrivent pas.

Un matin d'avril. L'air frais saisit les visages, le sien est fatigué et impatient. Yana sort du car, comme tous les passagers : terminus, arrêt boulevard Lénine. Elle est partie de Moscou à 19 heures, elle a voyagé toute la nuit. *Bienvenue à Kyiv !* Il est 10 heures. Macha est là qui ouvre grand les bras.

Yana a trouvé un prétexte pour enfin rencontrer son alliée : un voyage d'étude.

La journée file.

Visite de musées. Longue discussion autour d'une boucle de ceinture et d'une amphore. Macha conte quelques-unes de ses épopées archéologiques dans la steppe, où l'on rit, où l'on chante et jouit toujours férocement. Lecture d'un texte sur la reine Tomyris jouant avec le cadavre de son ennemi, baignant sa tête dans une outre remplie de sang. Puis : changement de programme. Ou plutôt : la suite, prévue de longue date par les imaginations.

Une poète grecque est tapie dans l'ombre, qui chante, danse et transe comme une chamane scythe.

« En effet, dès que je te vois, je ne puis plus parler, ma langue se brise, un feu subtil gagne sous ma peau, mes yeux ne voient plus, une sueur froide coule, un tremblement me saisit toute, je suis plus verte que l'herbe et il me semble que je manque de peu de mourir. Mais il faut oser tout. »

Les mots passent d'une bouche à l'autre, deviennent baisers, doigts qui délicatent le sexe à travers le tissu, jambes lisses qui s'entremêlent, entrecuisses impatients qui s'ouvrent et s'entrecaressent.

Bientôt, les corps sont tout entiers mouillés de plaisir et les faux cils de Yana commencent à se détacher. Elle les retient du bout des ongles tandis qu'elle conquiert le territoire de la vulve à petites lapées. Une main les remet en place discrètement, l'autre glisse sur la toison, va et vient dans les coutures intérieures. Elle scrute un instant le clitoris amoureusement ; d'un doigt elle écarte sa fine coiffe de peau. C'est la tête d'un faucon déchaperonné. Comme il est émouvant… Elle le frotte sur ses lèvres, le sent gonfler encore. Le bas du ventre tremble, convulse, *merde, saloperie de cils*, s'agace Yana intérieurement…

Ils ne tomberont pas.

Yana ne perd jamais la face.

La semaine suivante, Macha se rendit à Moscou pour un voyage d'étude.

XXIII
Aveu

À Tatiana Tolstoï, le 18 octobre 1892.

« Et une chose encore m'accable : mes tableaux me paraissent maintenant si mauvais que je suis prêt à laisser tomber tout à fait l'art et à me retirer dans un village pour ne m'occuper plus que des vaches et des cochons. Ce ne sont pas seulement mes petites œuvres qui sont mauvaises, mais aussi celles des autres. Voilà du mauvais, du mauvais encore, de l'ennuyeux, du faiblard… Seuls quelques étrangers m'intéressent, et je sens que je ne m'élèverai jamais jusqu'à eux. C'est triste, très triste. »

J'ai oublié quand, j'ai oublié où.

Ce n'est pas même une esquisse, à peine une voix qui résonne dans la salle de bains ; Yana interrompt le sèche-cheveux.

« Tu sais, j'ai l'air forte, mais parfois je suis au fond du trou, il ne faut pas croire. »

Un temps.

« Yoanntchik, ferme la porte ! S'il te plaît. Je vais prendre un bain pour fêter le dernier jour de mes règles. »

XXIV

Dédale

Le poète Ivan Ivanovitch Savin a écrit un de ses plus beaux textes en méditant sur ses « tableaux obsessionnels ».

« J'ignore pourquoi, mais lorsque mon œil rencontre un de ces petits mots usés qui font l'ordinaire des journaux – exécutions, mort, sang –, je vois le tsar Terrible de Répine tuant son fils. Je vois les yeux éteints du jeune tsarévitch, semblables à ceux de Garchine, des yeux emplis d'une douleur si inhumaine et d'une résignation si définitive que j'ai envie de me signer, de dire une prière : "Souviens-toi, Seigneur, des assassinés..." Le réalisme redoutable de ces yeux vit en moi perpétuellement. C'est comme si, chaque jour, le tsar Terrible levait son bâton sur un tsarévitch blêmissant. »

Yana est aux urgences : deux arcades sourcilières ouvertes. Je la retrouve à la sortie, elle s'impatientait : j'ai été long. Elle jubile de me rapporter son échange avec le médecin.

« "Vous avez bu de l'alcool ?
– Beaucoup.
– Ingéré des drogues ?
– Bien sûr !
– Lesquelles ?
– J'ai tout pris, je n'ai pas hésité. J'y suis allée à fond !
– Et vous pensez à votre enfant ? Avec quelle image de sa mère va-t-il grandir ?
– Quoi ?!?!"

– Tu te rends compte, ce con couillu qui y va de sa petite morale… Au lieu de m'aider ! Et comment savait-il que j'ai un fils ? »

Elle m'appela quelquefois en détresse. Rarement. La psychiatrie et les camisoles chimiques exerçaient alors leur emprise.

Écrivant ce portrait, je l'interroge. Nos conversations téléphoniques forment un dédale qui jamais ne cessa de proliférer.

« Je prenais de l'Effexor, du Bupropion, du Seroquel et du Lamictal, j'étais un peu chargée dès le petit déj, vois-tu. Mets-toi à ma place. Allez, j'en ai fini avec cette époque. J'ai reconstitué mes forces, j'ai chassé les parasites. »

Mêlé de silences, nous menons depuis toujours le même dialogue sans fin.

« Pas trop envie aujourd'hui de disséquer le cadavre de mon ancien moi. »

Elle raccroche.

Moins de trois minutes s'écoulent, le nom de Yana apparaît de nouveau sur mon téléphone.

« J'ai réfléchi. J'ai une idée. Je voudrais être un esprit poreux et un corps troué, je voudrais être traversée par des consciences venues de je-ne-sais-où. Le plus étrange en moi est le plus vivant.

Yoanntchik, tu ne veux pas m'envoyer quelques gentils petits êtres ? Je les accueillerai. Mais oui, la voilà l'idée : Dans la tête de Yana ! »

XXV

Yana à Paris

Lettre de Répine au critique d'art Vladimir Stassov, le 24 décembre 1872, à Saint-Pétersbourg.

« Vite partir, vite filer quelque part en Europe, à Paris, Rome... peu importe... là où il y a simplement du soleil, là où brillent les lumières ! On s'y précipite peut-être comme un papillon de nuit, on finit certainement par s'y brûler, mais pas le choix, il faut fuir ces ténèbres, cette prostration ! »

Voici votre corps, voici votre esprit. Installez-vous, glissez dans cette tête. Je tresse pour vous une belle natte, je la dépose sur votre épaule gauche.

Je vous prénomme Yana.

Vous remontez à pied le boulevard de la Chapelle. Vous êtes seule.

Il y a des mois ou des semaines – vous ne les comptez plus, il y a un an peut-être –, vous avez quitté Moscou et un boulot mal payé. Vous voilà désormais à Paris. Toujours mal payée, vous vous débrouillez. C'est que vous possédez la faculté d'aimer et d'être aimée, des femmes comme des hommes. Vous partagez un appartement avec Queenette, une étudiante qui s'est prise d'amitié pour vous. Vous détestez ce quartier, vous adorez Queenette, c'est une sœur. Elle vous loge gratuitement. Vous n'avez pas mis longtemps à comprendre d'où venait son argent. Elle est admirable.

Prenez un instant, caressez le serpent blond sur votre épaule – le geste vous rassérène. Sur ce boulevard, à cette heure, on ne trouve que des hommes, ils palabrent entre eux par petites grappes. Vous percevez les bruits de bouche infects, *tss tss tss*, les sifflements que certains émettent sur votre passage, ils s'accordent très bien avec la crasse environnante, les immondices, ce quartier pue littéralement, les raclures s'y ébrouent en toute quiétude, ça pisse, ça bouffe, ça deale et ça clope, ça giboie bien sûr, vous êtes plus dégoûtée qu'anxieuse, mais anxieuse malgré tout car vous êtes la seule femme, la seule claire de peau dans cette nuit, et quand bien même vous préféreriez ne pas être alourdie de ces pensées, elles s'accrochent ; vous n'en voulez pas, elles reviennent ; elles ne vous ressemblent pas, vous constatez pourtant, votre cerveau n'y peut rien, il s'alarme : vous êtes une femme blanche, isolée, sur un trottoir d'hommes noirs. Si l'un d'entre eux approche, vous lui ferez tâter de la bague de guerrière, vous en portez une à la main droite – à l'abri de votre poche, vous vérifiez ses pointes incisives.

La rue de Tombouctou est déserte, vous êtes soulagée, vous poursuivez rue Stephenson. Vous vous arrêtez devant une vitrine, au numéro 5 : le dessin d'une hache plantée dans une cible. Vous lisez : « Une semaine difficile ? Ici vous pourrez tout lâcher ! Nos experts vous accompagnent et vous arment. Développez aussi la patience et la concentration à travers une expérience inoubliable. Les Cognées sont le premier centre de lancer de haches en France. »

Tu devrais essayer, c'est ce que vous vous dites à voix haute. Le fou rire est intérieur.

Vous ouvrez la porte d'une boutique désaffectée, rue Affre. Les escaliers sont vite avalés. Au dernier étage, vous arrachez de vos oreilles les écouteurs inutiles et respirez tout votre soûl. *Home sweet home*. Vous observez votre reflet dans le miroir. Un beau petit visage fatigué, vous lui adressez un baiser – vous n'êtes pas certaine de lui plaire.

« Yanaaa ? C'est toi ? » s'égosille Queenette.

Oui, c'est vous. Elle peut se rasseoir, retrouver sa place ordinaire, sur le fauteuil orange, sous la lampe élégante, et rouvrir le volume qui l'occupe cette semaine : *De la prostitution dans la ville de Paris, considérée sous le rapport de l'hygiène publique, de la morale et de l'administration ; ouvrage appuyé de documents statistiques puisés dans les archives de la Préfecture de police*, par A.-J.-B. Parent-Duchâtelet, membre du Conseil de salubrité de la ville de Paris, de l'Académie de médecine.

Queenette est chercheuse – « doctorante et catin en distanciel », aime-t-elle à répéter. Elle fréquente rarement l'université, elle travaille chez elle, par goût, pour n'être pas assujettie – on trouve tout ou presque avec une bonne connexion Internet, les articles comme les livres, les études scientifiques comme les clients. Sa thèse en cours : *De Saint-Ange à la Chapelle : ethnographie d'un boulevard.* Le titre est de toute beauté, elle le sait, vous radotez, vous l'encouragez, merci. Queenette espère finir dans deux ou trois ans, c'est possible, grâce à ses activités discrètes du mercredi – elle gagne deux mille euros par mois, parfois plus. Un client fidèle lui procure l'essentiel : quatre cents euros pour un rendez-vous de trois heures.

« Tu rigoles ? lancez-vous sans rire. Ça n'existe pas ! Un pareil tarif ?! Mais non ! »

Queenette le sait d'autant plus qu'elle mène ses recherches sur le boulevard, elle connaît bien les Nigérianes et les Ghanéennes des petites rues adjacentes, tenues en laisse et vendues pour vingt euros par les *mamas*, tu te rends compte, Yana, vingt balles, elles se font baiser dans un local poubelles rue Doudeauville ! Pour vingt balles.

Queenette, pute et ethnographe, vous fascine lorsqu'elle s'engage dans des diatribes enflammées, vous l'aimez, vous attendez avec gourmandise qu'elle reprenne son souffle et vous explique, doctement, que le quartier rassemble les prostituées les moins chères de l'empire et de la République depuis deux cents ans au moins ! Les blanchisseuses crève-la-dalle du temps d'Émile Zola proposaient déjà leurs corps pour des clopinettes, là, tout près, dans des recoins vaguement abrités. La pute famélique à la va-vite, c'est toute une tradition !...

Queenette porte des tresses africaines et des lunettes jaune paille. Ce sont les principales différences ; elle vous ressemble. C'est vous, il y a cinq ans, peu ou prou votre portrait. La puterie vous rassemble. Vous avez arrêté, ce n'était pas un projet, mais rien de grave, ça vous a apporté, vous avez élevé votre fils, assuré l'essentiel, ça vous a pris un petit quelque chose, temporairement, comme le travail dans la cuisine d'un fast-food, ni plus ni moins, il faut se défaire des odeurs, le soir, de la poisse de l'huile de massage sur la peau, de la poisse de l'huile de friture dans les cheveux, on prend de longues douches pour réintégrer son corps, pour sortir du rôle, se défaire des mots et des gestes. Vous n'êtes pas une victime, Queenette non plus. On fait comme on peut.

Votre vitalité est intacte.

« La démerde universelle des femmes de talent nées dans la merde. » Est-ce vous qui avez prononcé cette phrase ? Queenette ? Peu importe. Vous êtes de ces sœurs qui se comprennent à demi-mot. Alors, elle se confie à vous. Elle vous raconte la journée du mercredi.

Queenette se lève tôt. Elle revêt son masque vénitien, branche sa caméra et allume son ordinateur. Elle fait infuser un thé, le temps d'établir la connexion avec son public. Il est 23 heures sur la côte ouest des États-Unis, les hommes sont au rendez-vous. Que le spectacle commence ! Elle se dénude, se rhabille, se dénude de nouveau ; elle use de son pouvoir. Les queues turgescentes des fidèles, derrière les écrans, demandent à être guidées. Alors, elle donne des ordres, insulte et complimente, plus vite, doucement, stooop… ne vous touchez plus ! Ils obéissent et ils payent, elle jouit. Pas toujours. De plus en plus rarement. Ensuite, après l'orgasme, réel ou feint, elle les autorise : on lâche le foutre, messieurs ! Les plus chanceux et les plus généreux ont le privilège, selon son humeur, de contrôler à distance les vibrations d'un sex-toy ; elle l'insère où cela leur chante. Elle aime varier les rôles, dominer son troupeau, puis autoriser une petite bête à prendre quelque empire sur elle lors d'une séance privée. Dans l'après-midi, elle file pour son rendez-vous romantique de quatre cents euros. Elle vous retrouvera ensuite au restaurant éthiopien de la rue Véron, où les épices et le café sont délicieux, elle vous invitera selon son habitude ; vos rires seront une grâce.

Queenette, c'est un pseudonyme, bien sûr, celui qu'elle utilise pour ses séances. Vous l'avez rencontrée en ligne, vous aussi, sur un réseau social réunissant les chercheurs en ethnologie et en anthropologie. Elle devait vous héberger pour quelques jours, vous êtes restée. Vous écoutez, vous conseillez et vous consolez. Et le temps file. Anton a soufflé huit bougies hier, vous ne l'avez pas embrassé depuis bientôt un an. Vous venez de compter.

Vous êtes Yana à Paris, loin de vos vies antérieures. L'axolotl vous manque. Il est certes entre de bonnes mains – celles de la grand-mère d'Alissa. Votre mission au musée de l'Homme s'achève. Vous comptez chaque petit sou, vous êtes éreintée. Il vous faut partir, c'est la conclusion. Vous parlez un français très assuré désormais, maîtrisez le plus-que-parfait du subjonctif, vous lisez Balzac et avez vécu quelques brèves histoires d'amour. Vous utilisez chaque jour le mot « youpi ». Vous avez appris à vous coiffer d'une double tresse à la française. Vous raffolez des pique-niques, au bord de la Seine, avec cette amie très chère qui voudrait vous convaincre de ne pas partir ; elle n'a qu'un seul défaut : celui de n'embrasser que les hommes. Le bilan est respectable somme toute. Vous mélancolisez, vous êtes nostalgique déjà, et heureuse. Vous payez 3,75 euros pour le menu enfant du restaurant Ikea où vous êtes assise, boulevard de la Madeleine. Cinq boulettes de viande, un yaourt bio, une briquette de jus de fruit. Il est 13 heures. Vous emportez le livret et les crayons de couleur offerts avec le menu. Demain, ils feront briller les yeux de l'axolotl.

XXVI

Le rêve

Dans Proche lointain *:*

En 1876, Répine achève à Paris un tableau inspiré d'une mythologie populaire : il montre le riche marchand Sadko dans le royaume du tsar des mers, parmi les poissons, les plantes fantastiques, les fiancées de tous les pays et de toutes les époques. C'est une vision puissante. Le critique d'art Prakhov n'y comprit rien, il fut heureux, comme tous les autres, de le faire savoir, d'en rire et de rappeler à l'ordre le peintre réaliste.

« En jetant un œil sur *Sadko*, j'ai reconnu sans le vouloir l'artiste lui-même plongé dans un aquarium... Je lui souhaite un bon réveil... Et, une fois tiré de son sommeil sous-marin, de retrouver avec la joie d'un œil neuf les charmes de la vie et de l'histoire russes. »

Dans la forêt.

Un homme à bec d'oiseau enveloppe Yana de ses bras. Une femme à gueule de loup enserre délicatement sa tête, la détache du torse, dépose un lent baiser sur le front, avant de l'abandonner au sol sur un lacis végétal très tendre.

Des verts teintés d'auréoline.

« Es-tu capable de nous voir ? » demande l'oiseau. « Regarde bien ! » ordonne la louve. Elle lui retire les doigts un à un. Elle démonte une main, puis l'autre, le bras tout entier, puis l'autre. De minuscules créatures ailées, irradiant des étincelles bleu maya, sortent des arbres alentour, attrapent les morceaux de corps et les examinent avec attention. Elles déboîtent patiemment chaque articulation. L'homme ouvre le ventre de Yana, il y plonge la main, il fouille et réfléchit. Un os. Il le brandit. « Voilà, dit-il, j'ai trouvé, c'est la côte additionnelle ! »

XXVII

Les Scythes

Korneï Tchoukovski dans l'introduction de Proche lointain *:*

« Répine écrivait comme un Scythe. Lorsqu'il se laissait aller à la "belle formule", son talent littéraire s'effondrait. Grâce à la sauvagerie et au barbare qui travaillaient en lui, il était capable d'exprimer des pensées et des émotions sans rien devoir envier à ceux qui font profession de peindre avec des mots. »

Elle avait pris la route de l'Ouest tandis que j'empruntais celle de l'Est.

Yana habitait Paris, et moi Irkoutsk, tout contre le lac Baïkal. J'avais perdu sa trace, elle ne cherchait pas la mienne. Nous étions chacun occupé à la fabrication de nouvelles existences. Les lieux nous accaparaient, les anciennes chairs s'estompaient sous les glacis.

Les fils de nos vies pourtant devaient encore se croiser.

Comment parvint-elle à Oulan-Oude, de l'autre côté du lac, à quelques centaines de kilomètres de moi ? Je l'ignore, comme j'ignore comment elle devint, en quelques mois, propriétaire d'une petite maison sur l'île d'Olkhon.

De retour de Paris, je sais qu'elle vécut un temps à Moscou, puis à Saint-Pétersbourg, c'est là que les combinaisons lui devinrent favorables. Elle possédait les langues, la science et la force de conviction pour être du prochain voyage.

Au début du XXIe siècle, en Sibérie orientale, des sols gelés depuis des milliers d'années se liquéfient, emportant avec eux les vestiges de la civilisation des kourganes. La glace avait protégé les sépultures du pillage, conservé les matériaux délicats et empêché la décomposition des matières organiques. Le réchauffement des températures change la donne. Alors, une poignée d'archéologues met sur pied des expéditions. Les cavaliers des steppes sont grands pourvoyeurs de rêves, plus que jamais, on veut bien patauger dans la boue, endurer les privations et les rigueurs du bout du monde pour aller à leur rencontre.

Le haut plateau traversé par la rivière Ouïouk fera le décor de cette scène. Yana est là qui participe à des fouilles de première importance, dirigées par un archéologue que d'aucuns appellent la Rock Star, par admiration ou par moquerie, car il aime les accessoires en cuir, secouer ses cheveux longs en dodelinant de la tête, car c'est un homme rare, habile esprit aux mains habiles, capable de déceler sur une carte l'inframince, ne méprisant jamais la pelle et la pioche, et beau, sans contredit lorsque son pantalon fétiche moule les plus charmants reliefs.

Le paysage est une épure enfantine, un simple tapis verdoyant, à peine piqué de quelques bosquets. Au nord, il bute contre une montagne frangée d'un ciel bleu, au sud il rencontre la rivière. Sur ce tapis que plus aucun cheval ne parcourt – certains pourtant les voient en esprit –, le kourgane était presque indétectable, recouvert par les siècles. Le chantier fait une fête étrange, comme un rituel avec ses forçats passionnés qui creusent et analysent tout le jour, avec sa Rock Star qui chante, saute et s'ébroue, avec ses toasts, ses grandes tablées joyeuses le soir après le travail, et avec ses hommes en armes qui surveillent les opérations – on ne badine pas avec les trésors des princes scythes.

Lorsque Yana se tient au centre du tumulus et des deux cent vingt-trois petits cercles de pierre mis au jour l'été précédent, chacun empli d'os calcinés, de fragments de bronze fondu et de restes de feuille d'or, elle imagine les funérailles fabuleuses, l'holocauste de centaines de moutons, de chèvres, de bovins et de chevaux, les dieux nourris du parfum des chairs détruites par les flammes. Le goût métallique du sang prend sa bouche. Elle entend de hauts chuchotis sans plus savoir s'ils proviennent d'ici ou d'ailleurs.

Le kourgane est dégagé, les machines et les pelles ont fait leur œuvre, on peut désormais pénétrer dans les chambres funéraires aux parois bordées de rondins en bois de mélèze.

Demain, on explorera la principale.

À la fin de la nuit. Une colonne de nuages anthracite cavale dans le ciel. Le campement dort, elle n'a pas dormi. Yana se tient accroupie, seule vivante dans le silence de l'avant-jour. Elle est à l'intérieur de la chambre, près des squelettes qui reposent au sol, assoupis tendrement l'un contre l'autre, un homme et une femme, les genoux légèrement pliés ; ils sont tous deux allongés sur le côté gauche, elle derrière lui, les mains prêtes à la caresse. Les crânes ont roulé vers l'arrière et se sont rejoints contre la paroi.

Yana allume sa lampe torche.

Le prince est jeune, la princesse plus encore ; ils retrouvent leur tête, leurs cheveux, leur coiffe chargée de plaques d'or et de perles, l'oreiller en feutre qui les accueille ; leurs chairs se recomposent et s'habillent ; les murs se couvrent de grandes tentures rouges, la terre d'un élégant tapis noir. La pièce s'encombre d'armes suspendues, de toute une chorégraphie délicate faite de peignes en or et de miroirs en bronze, de petits vases, d'épingles, d'amulettes, de sacs de cuir remplis d'herbes aromatiques, d'amandes, de cerises et de carottes sauvages. Les animaux gravés s'animent, galopent et volent en tous sens, les chevaux comme les cerfs, les chameaux, les chèvres, les loups et les sangliers, les rapaces et les félins. Un brûle-parfum laisse échapper une fumée millénaire. Le prince est paré d'un torque en or massif, d'une cape sanglante chamarrée de deux mille cinq cents panthères qui se balancent, cliquettent et irradient en un plumage féroce. La princesse porte des boucles d'oreilles et la même hémoglobine sur le dos – les figurines fauves composent pour elle une flamme ardente.

Yana éteint la torche.

Lorsqu'elle sort de la chambre, le jour arrive. Le chamane est en avance. Les gardes armés s'étaient assoupis, ils se réveillent, vérifient son identité et le laissent passer. Sa coiffe, faite de plumes de rapace et de perles colorées, n'évoque en rien le faste des princes. Les peaux de bêtes, les pendeloques de ferraille et les grelots qui tombent de sa robe ressemblent pourtant à l'attirail des sorciers scythes. La négociation avec les habitants du kourgane va commencer.

Le chamane de Touva a fait le voyage pour réaliser un rituel. On n'ouvre pas les tombes d'ancêtres lointains sans s'assurer de leur assentiment et de leur protection. Bientôt, il va battre du tambour, faire venir les esprits et déposer des offrandes. Pour l'heure, il tient Yana dans son regard, il sourit, la désigne du doigt : « Je te connais, toi, je t'ai vue dans mon rêve. »

XXVIII

Le poignard et le tambour

Korneï Tchoukovski :

« Répine a cette capacité extraordinaire de faire fondre dans sa peinture la chair vivante et le sang. Avec lui, le réalisme devient une terrible réalité. »

Anton a soufflé dix bougies la semaine dernière. Yana sent qu'il n'a jamais été aussi heureux. Il aime habiter près du lac Baïkal, à Oulan-Oude, patiner sur la glace et manger le poisson qui nage sous ses pieds. Il aime sa mère et aime qu'elle soit près de lui ; oncle Dougar lui plaît, qui vit avec eux et joue du tambour.

Yana est en proie au va-et-vient de ses pensées, elle égrène tel un chapelet la tresse blonde sur son épaule. Elle ne saurait dire ce qu'est son histoire avec cet homme rencontré sur l'île d'Olkhon : pacte d'amour ? échange de bons procédés ? association de malfaiteurs ou de bienfaiteurs ?

À Oulan-Oude, elle travaille de temps à autre pour le Musée national de Bouriatie, elle est devenue experte en masques et costumes de chamanes. Dougar voudrait la convaincre qu'elle en est une, comme lui et comme son grand-père qui l'initia dans la vallée de la Tounka.

Dougar est un moderne, il officie en ville ; en toute saison il soigne, conseille et prédit dans une veste de cuir posée sur une chemise blanche à col largement ouvert. Yana parfois l'assiste. Le commerce est florissant. Ils organisent en sus l'exportation vers l'Europe de pignons de cèdre et d'objets artisanaux.

Avec Dougar, elle a découvert son aptitude extraordinaire à entrer en transe. Elle veut bien être chamane si cela signifie explorer des états modifiés de conscience, des pensées et des sensations plus fines, avec les humains comme avec les non-humains. Yana ne prétend pas accéder à un monde nouveau, elle désire s'éloigner d'un monde faux.

Si un touriste se présente, elle entre en scène. C'est son rôle favori, celui de l'interprète sévère mais bienveillante.

« Votre quête est belle, vous êtes beau, mais vous faites fausse route. Rentrez chez vous ! Jésus-Christ est un chamane, lui aussi, alors si vous venez de son monde, retournez-y ! Et pour Mahomet, pareil : un chamane ! Bouddha : un chamane ! Honorez vos ancêtres et parcourez les paysages inscrits en vous. N'oubliez jamais d'où vous venez.

Vous avez besoin de vos terres, elles ont besoin de vous. En route ! »

Le touriste est en général contrarié. On lui proposera quand même une petite cérémonie et une excursion sur le lac Baïkal. Yana rit.

Macha ne rit pas. Un jour, elle débarque de Kyiv dans le but d'arracher son amie à cet hurluberlu qui l'inquiète. Le rusé Dougar comprend vite, l'engueule et proteste, il l'accuse de faire le jeu des sorciers noirs. Yana observe les deux, satisfaite, passe d'une défroque à l'autre, d'un masque à l'autre, les aime et les réconcilie.

La mission de Macha restera un échec.

Lorsque point l'ombre du Terrible, c'est une ombre banalement humaine.

Une femme vint consulter Dougar. Sa fille vivait des terreurs paniques, semblait comme possédée par le démon, envoûtée peut-être par une voisine mauvaise. Le chamane accepta d'apporter son aide et de rendre une visite à la seule condition que l'adolescente, elle aussi, consentît à la rencontre.

Yana a un pressentiment.

Elle insiste. Elle accompagnera Dougar sur les lieux du rendez-vous.

Il est bientôt 21 heures, le soleil s'éteint. La mère est seule à l'angle des rues Gogol et Tolstoï. Le chemin de terre a la tiédeur des jours de mai, une brise fait à peine virevolter la poussière. Elle conduit Yana et le chamane jusqu'à un hangar, à quelques centaines de mètres.

Elle les fait entrer, puis quitte les lieux sans crier gare ; la porte claque derrière elle. Deux hommes sont sortis de la pénombre. Un traquenard ; Yana se dit intérieurement qu'elle savait, qu'ils n'auraient pas dû ; trop tard. Un petit homme trapu, tête ronde et bouffie, porte le revolver. Son acolyte, crâne dégarni sous le chapeau, ne porte rien, à peine un corps, grand et maigre, qu'il dandine lamentablement. Il parle dans le vague. Le duo ferait rire en d'autres circonstances. Ils affichent cependant leurs intentions, ils savent : le couple commerce avec l'Europe ; la famille Z. réclame son dû, c'est affaire de respect. Sur ce territoire, rien ne doit leur échapper désormais. Et que le chamane ne s'avise pas de les enfumer avec ses histoires, il rend service à la communauté, très bien, mais il doit savoir qu'il exerce sous les ordres et la protection des Z. Les mots des aspirants mafiosi n'impressionnent guère, l'arme seule impose quelque sérieux. Elle pointe alternativement sur la tête de l'un puis de l'autre. Le ton monte. Ça cause offense et malédiction.

Dans le tréfonds de Yana, une voix coléreuse s'est réveillée. Elle rumine : « Qu'il approche donc, le porte-flingue… Le goût du sang nous rassemble. Je suis folle à lier. Il veut repaître sa faim ; moi aussi. Je suis folle à tuer. »

Il ne fallait pas menacer Dougar. Il ne faut jamais menacer Yana.

L'un des deux serrait sous sa veste un poignard à lame fine ; l'autre portait un imposant tambour, l'envoya fracasser une mâchoire, celle de l'homme armé, accompagnant son geste d'un coup de pied définitif ; le pauvre râblé s'étala de tout son long ; le revolver glissa sur le sol, tandis que sous l'action du poignet le tambour tournait et dansait dans les airs, revenant frapper d'un revers la tempe du second, celle du petit voyou de haute taille ; la casquette s'envola, l'homme perdit l'équilibre sans chuter.

Le poignard sort de l'étui, dare-dare, il traverse une première fois le ventre et l'intestin grêle, presque avec étonnement. La suite est détermination et volupté, deux coups secs transpercent le cœur. L'homme reste debout de longues secondes, ahuri, les bras ballants, avant de s'allonger, enfin. Les yeux se voilent ; Yana est saisie par le spectacle de la vie qui s'en va, prise dans une glace hypnotique. Il y a de grandes goulées inhumaines, les dernières, qui ne sont plus désespoir mais réflexe ; soudain, c'est fini et c'est tout ; il ne se relèvera plus.

Le survivant rassemble ses esprits, son reste de mâchoire, rampe jusqu'à la porte du hangar et prend la fuite comme il peut. Dougar hésite. Le retenir ? Il renonce.

Yana, ce jour-là, recueillit le bâton ferré d'Ivan le Terrible qui depuis toujours traînait à ses pieds, et elle en fit bon usage ; ou alors elle s'empara du couteau que Balachov abandonna le 16 janvier 1913, après lacération de la toile de Répine, et elle en fit bon usage. Elle devint un peu le tableau qui était son portrait, et dans le même temps le détruisit. Il est permis d'émettre cette hypothèse.

Pourtant, c'est autre chose, aussi.

« Le couteau du peintre, me dit Yana, n'est pas tout à fait le poignard du tueur. L'être qui plante une lame dans un cœur humain se charge d'une énergie nouvelle, de terreur et de joie, qui ne se peut figer dans aucune image. »

Une chaise a été renversée. Elle repose sur les jambes du cadavre. Une boîte s'est répandue sur le sol : des carrés de sucre boivent et rougissent, des sachets de thé noir infusent dans la petite flaque de sang.

Dougar ramassa le tambour, le revolver et le poignard ; il s'enfuit. On dit qu'aujourd'hui encore il se cache dans la taïga, certains croient qu'il a pris le corps d'un loup pour traverser une frontière et qu'il vit quelque part sous une nouvelle identité, humaine ou animale. Yana est convaincue qu'il est mort.

Elle eut le temps de mettre Anton à l'abri, chez une amie, à Irkoutsk. C'est là qu'elle fut arrêtée, une semaine plus tard, et jetée en prison.

XXIX

De la prison

Lettre à Pavel Tretiakov qui « tient sur ses épaules toute la peinture russe ». Le 8 mars 1883, à Saint-Pétersbourg :

« Pour que l'ensemble soit vrai, juste et vivant, on ne peut pas ne pas sacrifier les détails. Si on n'a pas compris ça, on est incapable de faire un tableau. »

Longtemps après, à l'intérieur du décor chaud, boisé et incongru d'une brasserie, boulevard du Montparnasse.

« As-tu songé au suicide lorsque tu étais en prison ? me demande Yana.
– Pas une seule fois. Et toi ?
– Ça ne me serait jamais venu à l'esprit.
– Pourquoi cette question alors ?
– Je vérifie que nous sommes faits du même bois.
– On me l'a souvent posée, tu sais.
– À moi aussi.
– C'est l'envie de toucher un peu l'ombre du Terrible, je crois...
– La prison, c'est le fond du désespoir pour ceux-là seuls qui n'ont jamais été misérables. Pour les faibles aussi. Et pour nous autres, c'est une étape.
– Un exercice spirituel et corporel.
– La violence des vies humaines dans une version plus éclatante. Je n'ai rien à dire sur la prison. Rien.

– On supporte, on se fortifie.
– On calcule et on réfléchit.
– On se cuirasse.
– Et on finit toujours par cicatriser. »

XXX

House mafia

Le 27 juin 1892. Lettre à Tatiana Tolstoï :

« J'aime la vie, j'aime la nature et je suis attaché à tous les bonheurs du monde sensible. Je voudrais tout sentir, me délecter de tout. Je lis en ce moment l'*Odyssée*. Voilà de vraies gens ! »

L'année 2015.

Le montagnard du Kremlin avait envahi la Crimée quelques mois plus tôt et déclenché contre son voisin une guerre qui ne disait pas encore son nom. La Russie se préparait à cracher le feu sur les territoires de l'ancienne Scythie, dans la steppe boisée, et dans la steppe herbeuse d'Ukraine où les guerriers versent toujours un sang abondant. Les taules se remplissaient d'importuns dans mon genre, bien que je fusse le seul Français suffisamment dangereux pour connaître les honneurs de la centrale d'Irkoutsk. Yana y fut enfermée, elle aussi.

Lorsque je sortis, un 22 avril, jour de naissance de Lénine, elle était dehors depuis trois semaines. Le procès des chamanes de la rue Gogol avait avorté faute de preuves. Personne pour s'émouvoir de la mort d'un mafieux demi-habile, pas même la famille Z. qui opta pour la discrétion. Le principal suspect s'était volatilisé, tout comme l'arme du crime, tout comme le témoin qui accompagnait la victime. Le banc du tribunal d'arrondissement demeura essentiellement vide. Yana se contenta de ne dire à peu près rien. Elle fut condamnée à neuf mois pour sa participation vague à un meurtre, sans volonté de le commettre. Elle venait tout juste d'exécuter sa peine en préventive ; elle fut libérée.

Je ne croupissais plus en prison, je n'étais pas tiré d'affaire pour autant. Je vivais avec un bracelet électronique à la cheville, sous la menace d'un procès qui bientôt s'ouvrirait. Le montagnard du Kremlin semblait s'acharner sur moi, au loin, à travers la main de ses sbires. Personne ne comprenait. Dans ce brouillard épais, on me supposait des liens avec les services de renseignement, on m'attribuait des activités occultes et mafieuses, des amantes aux maris plus puissants encore que jaloux. On me promettait quinze ans de camp de travail. Le jeu dépassait de beaucoup l'entendement et les capacités des diplomates français. Il n'y avait toutefois pas grand mystère : j'étais devenu une menue monnaie d'échange, un pion de chair et d'os ballotté dans la steppe eurasienne, au milieu de cette conversation belliqueuse sans fin qui sévit depuis des millénaires.

J'avais imaginé servir l'amitié entre les peuples et les cultures, par la grâce des arts, des savoirs et des langues. C'était un travail, une croyance, peut-être un sacerdoce. La torture m'avait déniaisé ; la prison avait été mon roman d'apprentissage.

Il me faudrait compter sur moi seul pour me tirer du piège.

« Sur moi aussi, martèle Yana, tu pourras toujours compter sur moi ! »

Nous sommes attablés dans un restaurant. On y sert sushis, pizzas, soupes et saucisses, des alcools variés dont une excellente tequila présentée sur un plateau, accompagnée d'une petite colline de sel et d'une rondelle de citron vert. L'enseigne à l'entrée du lieu annonce la couleur :

House Mafia
les valeurs de la famille
cuisine japonaise & italienne
de midi à minuit

Je n'invente rien. S'il n'existait pas, il faudrait construire le restaurant House Mafia et y installer des fictions plaisantes. Je ne romance jamais. Je mets néanmoins ce décor à disposition de toute personne désireuse d'y faire vivre ses histoires et ses personnages. Voyez ce portrait immense du parrain Vito Corleone, en noir et blanc comme il se doit, mélancolique et intraitable, deux mètres sur deux, profitez des banquettes rouge vif en similicuir, du papier peint baroque, d'un plafond miroir qui permet de rire lorsqu'on lève la tête et d'observer n'importe quel client. J'offre les photos encadrées de Marilyn Monroe, un grand ficus en plastique et les torses huilés des soldats du feu dans les toilettes des femmes. Pour les toilettes des hommes : me consulter. À ce lot, j'ajoute quelques odeurs de graisse persistantes et un écran capable de cracher des clips vidéo parfaitement accordés à l'ensemble. Je vous donne l'adresse : 107A rue Dekabriskikh Sobytii, en face de la place des Décembristes, à Irkoutsk.

Le restaurant était situé en bas de chez moi. La chance – c'est-à-dire l'incompétence des services pénitentiaires alliée à un défaut du bracelet électronique – me permit de rejoindre House Mafia à ma guise, sans jamais déclencher l'alerte. J'y retrouvais Yana.

Je la serre dans mes bras, je la reconnais à peine la première fois – voilà des années que je ne l'ai pas vue –, c'est le même émoi pourtant, la même intimité sans mots, les retrouvailles émerveillées, peu importe l'endroit, que ce soit une maternité de Rostov-sur-le-Don, un banc à Moscou, quand le soir tombe sur l'étang du Patriarche, la sépulture d'un écrivain à Saint-Pétersbourg, le Petit Palais, à Paris, le boulevard du Montparnasse, la pointe du Raz, toujours les mêmes embrassades impatientes, ses mains cherchant mes joues pour les électriser, les miennes s'arrimant à ses épaules, vérifiant qu'il y a bien là un corps, un esprit et une âme : Yana.

Je restai plus d'un an assigné à résidence sous contrôle du bracelet électronique. Nous nous retrouvions chaque semaine pour un rendez-vous clandestin. Je m'installais, commandais une tequila, laissais trente minutes passer avant d'envoyer un message chiffré : rien à signaler. Yana pouvait me rejoindre. Les risques alors étaient grands pour moi de retourner en prison, nous fûmes joyeux pourtant à House Mafia. Nous y étions invisibles, nos anciennes conversations reprirent là où nous les avions abandonnées, de nouvelles commencèrent ; nous trinquions, conspirions, protégés par Vito Corleone et la famille.

Nous avons laissé un peu de nos cœurs sur les banquettes rouge vif du restaurant, Yana y songe parfois comme à un lieu qu'elle ne reverra peut-être jamais, les images qui lui viennent ont alors un charme douloureux.

Elle me conta les années écoulées, elle voulait tout savoir sur ma fille, Diane, tout depuis sa naissance – il nous fallait nous rattraper. Elle s'insurgeait contre les salopards qui m'avaient séparé d'elle. Je lui confiai que je préparais mon évasion, elle voulut en être.

« Je t'interdis de me l'interdire ! »

Yana trouva à s'employer à Irkoutsk dès sa sortie de prison. Elle avait cette capacité à susciter l'amitié, la confiance et même l'admiration ; elle usait désormais de ses pouvoirs chamaniques, m'expliqua-t-elle, pour faire la vie douce et plus facile. Elle avait perdu beaucoup de l'argent amassé avec Dougar, un pécule demeurait néanmoins qui lui permit de commencer une nouvelle existence avec l'axolotl.

« Un petit homme déjà. »

Je le vis le jour de ses onze ans. J'avais commandé un gâteau à la serveuse, elle me connaissait bien désormais. Elle s'excusa, elle n'avait que deux bougies en stock. Anton se moqua d'abord gentiment de cette célébration saugrenue, se mit à bouder : il faisait face à un parfait étranger parlant avec sa mère une langue bizarre. Puis, Yana glissa quelques mots d'explication, j'étais présent pour elle et pour lui au moment de sa naissance, les premières années, il y avait peu de gens fiables sur cette planète, peu de solides amitiés comme la nôtre, il était temps de faire connaissance avec cet homme capable de mélancoliser comme maman et de rire aussi fort qu'elle : oncle Yoann. Anton m'inspecta de ses grands yeux, comme aux premiers jours. Il nous interrogea durant une longue heure, je passai une sorte d'examen. Il repartit l'œil brillant, serrant contre lui un exemplaire du *Petit Prince*.

Au mois de juillet, profitant d'une longue période de vacances, Yana disparut. Elle s'enfonça avec quelques amis dans la forêt. Ils burent ensemble une décoction de plantes, chamanisèrent et complétèrent leur éducation.

À son retour, elle portait le visage que j'avais connu dix ans auparavant. Ce n'était pas un rajeunissement mais une réorganisation des traits – je crus sérieusement déceler un masque en peau humaine.

Une métamorphose profonde avait opéré dans la forêt.

Yana avait retrouvé en elle la petite fille contristée, elle avait appelé son père, il était venu ; et elle avait vu aussi qu'elle portait des mains guérisseuses, toujours présentes pour les accidentés ; elle pouvait être les deux à la fois, les mains et l'enfant inconsolée, nul besoin de réconciliation ; elles coexistaient très bien. Elles parlaient aux végétaux comme aux animaux.

Yana tint un journal.

Elle me le montre, la langue est difficilement traduisible ; je ne comprends pas ce jour-là. Mes pensées sont ailleurs, déjà en cavale. Alors, comme je le fais chaque fois que je sens un je-ne-sais-quoi auquel il me faudra revenir un jour, je photographie. Page à page. Je crains toujours de passer à côté d'une piste essentielle ; ainsi s'empilent les images, les gribouillis, les empreintes et les traces. Il m'arrive d'en égarer. Jamais je n'oubliai ce journal.

Yana répétait en riant qu'elle m'accompagnerait puisqu'un esprit dans la forêt l'avait ordonné. Sa détermination était inébranlable.

« J'espère seulement que tu n'es pas un agent secret en train de me manipuler ! »

Le plan est sur pied. Demain, je m'évade. Avec elle. Notre veillée d'armes se tient sur les banquettes rouges de House Mafia. Yana porte un masque neuf aujourd'hui, c'est l'effet du seul maquillage, elle maîtrise à la perfection la technique du *baking*, m'informe-t-elle, mi-fière, mi-narquoise. Le *baking* ? dis-je. C'est simple, on applique au préalable une crème sur le contour des yeux, on poursuit avec un fond de teint fluide sur le nez, les pommettes et le menton. Les zones à enluminer sont prêtes. Le *baking* peut commencer : on poudre l'ensemble très généreusement à l'aide d'une éponge. On laisse reposer, la chaleur de la peau permet l'absorption lente des pigments. Reste à éliminer l'excès de matière à l'aide d'un pinceau. C'est prêt !

« Me voilà saupoudrée et cuite à point, annihilée par le maquillage, quel bonheur ! Je n'existe plus. Je suis devenue une jolie poupée au visage de porcelaine. Parfaitement *bakée*. Qui pourra maintenant m'arrêter et me jeter en prison ? Je ne suis plus, j'ai disparu sous les couches de poudre. »

Pour la première fois depuis nos retrouvailles, le serpent blond a repris place sur l'épaule. Yana le caresse, me dit que je vais lui manquer.

« Je suis prête. Toujours prête. »

XXXI

Sur la grand-route

À ses amis, à ses correspondants, à Léon ou Tatiana Tolstoï qui louaient son inspiration, Ilya Répine répondait invariablement :

« C'est la vie elle-même qui dicte le tableau. »

« Monte. »

Yana est au volant d'une camionnette blanche, coiffée d'une casquette qui dissimule ses tresses savantes ; on la reconnaît à peine dans sa tenue de chantier. À l'arrière, s'installant sur la banquette, claquant la portière : son ami le fugitif. Qu'ils viennent à être arrêtés ensemble, elle partirait pour plusieurs années de prison. Qu'importe.

« Tu n'as pas été suivi ? »

Elle agit au nom de l'amitié, pour la justice, parce qu'elle croit que la vraie vie est une aventure excessive, un rugueux merveilleux. Elle conduit aussi pour une petite fille prénommée Diane ; elle ne l'a jamais rencontrée, pourtant elle sait tout d'elle. Au bout du chemin, un père retrouvera sa fille. Voilà pourquoi son œil, en cet instant, luit d'un éclat qui est la férocité même, comme si elle sentait sur son dos une cape sanglante et le poids de deux mille cinq cents panthères dorées prêtes à bondir.

La camionnette s'arrête dans un chemin abrité par de grands mélèzes. Yana déplie une couverture en aluminium. Le fugitif s'y glisse. À l'intérieur, il peut couper son bracelet électronique sans risquer l'émission d'un dernier signal. La pince déchiquette le métal et le plastique. Il est libre, il caresse sa cheville. Elle sourit.

Ils parleront peu, ils se connaissent assez. Tout a été préparé dans les moindres détails, chacun joue sa partition.

Yana ouvre le coffre et dévoile fièrement son travail : un assemblage de tasseaux, de planches et de cartons forme comme une petite chambre qu'elle a dissimulée avec du sable et des sacs de plâtre. On déplace une lourde sacoche, quelques outils et on découvre l'entrée en soulevant une trappe en bois ; le fugitif, y disparaît ; Yana referme son impeccable kourgane miniature et reprend la route.

La chaleur arrive.

Elle transpire, ses mains adhèrent au volant craquelé. Les premières heures sont décisives, elle cogite. Si l'alerte est donnée, des barrages apparaîtront. Quitter la ville fut aisé, mais les poursuivants peuvent agir dans toute la région ; restent au moins sept cents kilomètres à abattre pour en sortir. Il n'existe qu'une route dans cette direction, une longue ligne droite dans la taïga. Jusqu'ici la voie est libre. Aucun signe alarmant. Yana penche la tête vers le ciel, elle vérifie : aucun hélico. Les empotés ne chercheront pas à l'ouest, elle se le répète comme une prière. La seule menace serait un contrôle de police inopiné, des flics curieux qui iraient remuer le sable et le plâtre. Peu probable. Surtout un dimanche.

Elle pense à Anton : elle n'a pas le droit à l'échec, c'est simple.

Elle déposera le kourgane et son contenu à Krasnoïarsk, dans quinze heures environ, mille kilomètres de route. Là-bas, elle dormira un peu avant de repartir au petit matin. Demain elle sera chez elle, et mardi au bureau, comme d'habitude après son congé du lundi. Son téléphone aura passé le week-end avec son ami Alexandre, ils se seront promenés ensemble. Mardi soir, elle dînera avec Macha dans son restaurant préféré, en face de la place des Décembristes. Elle sera un peu fatiguée, heureuse du devoir accompli. Personne ne saura rien de son échappée.

Aux salauds tapis dans l'ombre, l'action de l'ombre seule peut être opposée.

Les premières teintes d'automne sont là. Yana fait galoper sa machine, elle double camion après camion ; la plaine despotique est liberté. Bouleaux, stations d'essence, restaurants routiers défilent. On croise la voie ferrée, celle du Transsibérien. Le temps devient idéal : il pleut. Yana est satisfaite, le moteur refroidit. De vastes tronçons de route sont en travaux, il faut ralentir, elle peste.

Il est 19 heures. La camionnette s'immobilise. Elle a quitté la région d'Irkoutsk.

Le fugitif s'extrait avec peine du tumulus. Il se lève, son corps est perclus, il chancelle, s'assoit. Les deux rejoignent un restaurant presque désert. Dans la grande salle au carrelage en échiquier, un téléviseur ânonne avec peine les dernières nouvelles venues de Crimée. Les comparses engloutissent quelques crêpes, ils sirotent un thé noir. Ils ont de beaux petits visages fatigués. Elle bâille, il sifflote. Ils se comprennent sans mots, ils aiment ce monde.

La camionnette repart dans l'obscurité.

La fin du trajet est douce, il pleut. Le fugitif a pris place à l'avant, la chaleur est moelleuse. Yana envoie la musique. Les élégies de Boulat Okoudjava bercent les voyageurs, on entend une prière :

Tant que la terre tourne et que le jour demeure,
À chacun, donne donc ce qu'il n'a pas, Seigneur :

Donne au sage une tête, et un cheval au couard,
L'argent au bienheureux... Et n'oublie pas ma part.

La dernière heure est consacrée à l'œuvre du groupe Aquarium et, comme souvent sur les longues routes, une chanson se présente pour dire l'état du cœur, l'état de l'âme et de l'esprit :

Ô mer glorieuse, ô Baïkal sacré !

On écoute les *Pensées d'un fugitif au Baïkal.* Boris Grebenchtchikov chante seul sans afféterie, avec la bonté quiète des braves, sans les chœurs habituels, avec des basses profondes et l'assentiment qui emporte tout :

Longtemps j'ai traîné des chaînes pesantes,
J'errai vers Akatouï et ses ravins,
Un camarade épaula ma tangente,
Je pris la liberté, la vie revint.

Les yeux des deux clandestins se croisent, ils éclatent de rire. Un peu avant 1 heure du matin, ils sont à Krasnoïarsk. Un vent très léger, une fraîcheur agréable, on respire.

Yana prend des renseignements dans un kiosque de nuit, dans un bar puis dans un autre. Elle trouve un loueur, celui qu'elle cherchait, peu regardant sur la paperasse. Il inscrit sur une feuille les données

d'un passeport russe qu'elle lui tend ; ce n'est pas le sien, elle l'a volé, la photo ne lui ressemble pas. L'homme s'en moque, il empoche le loyer pour la semaine, donne les clés et retourne se coucher.

Les deux complices s'effondrent sur le canapé-lit.

Je parle de ce fugitif comme s'il m'était extérieur. C'est faux et c'est le mieux que je puisse dire. Ce jour-là, je sortis de moi-même ; la cavale est une extase.

Quelque chose de définitif se noua entre Yana et moi.

Je reprends des mots anciens. Je ne cherche ni à caresser le temps ni à le retrouver, mais le plaisir rare de la promenade dans les entrelacs, sous les couches de pigments et les glacis.

Elle se leva avant le jour, mes yeux peinaient à s'ouvrir. Elle m'avoua qu'elle n'avait jamais connu angoisse aussi enfiévrée que lors des premières heures dans la camionnette ; elle avait aimé cette fièvre.

Je poursuivais ma route vers l'ouest, elle empruntait celle du retour vers l'est.

Je la serrai dans mes bras. Nous restâmes longtemps immobiles. Je murmurai un merci ; elle posa

une main sur ma joue et me fit promettre que nous nous reverrions, un jour, à Paris ou ailleurs, au fin fond d'une forêt, quelque part, n'importe où. Je n'avais pas le droit à l'échec, elle le répéta trois fois. Elle me dit d'embrasser Diane de sa part. Elle me dit de ne pas oublier la petite Yanetchka.

Une porte s'ouvre, des nattes fleur de soufre s'évaporent dans les escaliers.

XXXII

Alerte

Maximilian Volochine lors de la conférence de 1913 :

« Voilà trente ans que ce tableau fait des victimes. Il en fera d'autres. »

« Allô ! Yoanntchik, ça a recommencé !
– Que se passe-t-il, Yanetchka ?
– Ivan le Terrible... »

Ma cavale avait pris fin. J'étais de retour en France depuis quelques mois. Le montagnard du Kremlin et ses sbires en concevaient quelque amertume. Je craignais que Yana ne fût repérée et malmenée, son appel imprévu me glaça. Nous connaissions les risques, j'étais prêt à enclencher un plan d'urgence.

« Quoi ? Tu vas bien ? Je peux te donner les instructions pour...
– Mais non, non, chuuut ! N'en dis pas plus. Je vais très bien. Je te parle du tableau de Répine, *Ivan le Terrible et son fils Ivan*...
– ...
– Il a été attaqué !... Encore une fois ! Tu te rends compte ? »

2018. Le vendredi 25 mai. Il est 20 h 23 lorsque Igor Podporine règle sa vodka à la cantine de la galerie Tretiakov. Il vide rapidement le carafon, il l'accompagne de quelques cornichons marinés. Dans sa tête, une voix chante.

« *Gospodi pomilui, Gospodi pomilui, Gospodi pomilui, Goooo-spoooo-diiii poooo-miiii-lui.* »

Il ajuste sa casquette vert kaki – elle ne le quittera plus jusqu'au procès. La visière est trouée. Il rejoint l'étage et se balade parmi les tableaux. Il salue les preux dans la taïga aussi bien qu'un empilement parfait de crânes dans le désert. Il est hilare. Il salue un gardien qui lui signale, l'œil réprobateur, que l'établissement va bientôt fermer. Il arrive dans une grande salle vide. Le tableau se présente. Igor constate que son corps tremble. Il hurle dans une langue que personne ne comprend ; il attrape le plot métallique qui se trouvait là ; il fait voler en éclats la vitre qui ne protège rien. La toile est transpercée de nouveau, par le verre et par le métal, elle s'ouvre aux quatre vents.

Le geste eut deux conséquences funestes : la cantine de la galerie Tretiakov retira définitivement la vodka de son menu ; le tableau mutilé disparut dans les sous-sols.

Lors du procès, l'avocat plaida l'atteinte au sentiment religieux. L'argument était en vogue depuis l'arrivée du montagnard du Kremlin. Ivan le Terrible était un saint et la scène de Répine une calomnie, car jamais le meurtre infanticide n'avait été démontré. Votre honneur, Igor Podporine est une pauvre créature menacée et blessée. Une victime. Il n'a fait que se défendre contre une agression.

Podporine risquait gros. L'avocasserie fut efficace, il obtint une libération après quelques mois de prison. Lors du premier interrogatoire, il s'était adressé à sa main : elle avait agi malgré lui et sans raison. J'ignore s'il lui parle encore aujourd'hui.

On n'en a jamais fini avec *Ivan le Terrible et son fils Ivan*. Les craquelures du tableau communiquent en réseau avec nos fêlures. Balachov, Podporine ou son avocat, le montagnard du Kremlin, le tsar infanticide ou l'empire lui-même, vous, Yana comme moi, nous sommes tous les jouets possibles des pigments sorciers, et dans le même temps les joueurs, déposés par un peintre sur une toile à la fin du XIXe siècle.

XXXIII

Le portrait impossible

Denis Roche dans la Revue illustrée, *le 1er juin 1902 :*

« Nous avons voulu rappeler aux lecteurs de cette revue l'existence en Russie d'un grand peintre que les circonstances n'ont jamais permis de bien connaître en France et dont il serait à souhaiter de voir à Paris une réunion d'œuvres permettant de l'apprécier à sa valeur. »

L'année 2022.

Nous ne nous étions pas revus depuis ma retraite de Russie. Le mois de janvier finissait, Yana atterrit à Paris.

Je tenais mon portrait épilogue.

Au Petit Palais, pour la première fois en France, une rétrospective célébrait Ilya Répine. C'était inespéré, à peine imaginable. Tous les tableaux qui peuplaient notre esprit, celui de Yana et le mien, avaient fait avec elle le voyage. Il y avait les corps accablés des haleurs de la Volga, les gueules riantes des cosaques zaporogues, leurs frasques dansantes, il y avait la gueule douce et ravagée de Vsevolod Garchine, revenue de loin, d'une crise ou de déportation, la rage folle de la tsarevna Sofia Alexeïevna emprisonnée au couvent Novodievitchi, Sadko se promenant dans un rêve sous-marin, et puis les éclopés, le bossu, les chantres et les paysannes bigotes, les officiers cravachant les pèlerins sous les yeux de la petite vieille ratatinée dans le grand bordel de la procession de Koursk, Tolstoï labourant, Tolstoï en majesté, la confidente Tatiana Tolstoï, l'ami sensible Korneï Tchoukovski, les yeux possédés de Nikolaï Gogol jetant au feu son manuscrit, et surtout les portraits de pure grâce enfantine, Vera, Nadia et Youri Répine dans les touches aimantes de leur père, Pavel Tretiakov dans ses ailleurs, sa barbe longue et ses doigts maigrichons, le bon gros Moussorgski mourant, la tristesse infinie de l'oublié Alexeï Pissemski, l'ami mélancolique Nikolaï Mourachko, bercé par le pinceau fraternel, il y en avait bien d'autres encore, ils étaient tous réunis.

Presque.

Il manquait *Ivan le Terrible et son fils Ivan*. Depuis son agression, il y avait bientôt quatre ans, la toile maudite était entre les mains des restaurateurs. Elle ne sortirait vraisemblablement jamais de Russie, tel était son destin.

J'étais bouleversé à l'idée de retrouver Yana. Je lui avais dit mon désir de faire son portrait, j'allais maintenant lui en parler de vive voix, avec le cœur, la serrer entre mes bras, imaginer ce qui pourrait être peint au moment où, de nouveau, les fils de nos vies s'entrecroisaient. J'apaiserais la moindre crainte, elle m'autoriserait, c'était un préalable – je ne pouvais rien écrire sans son assentiment. À la fin, il y aurait toute une galerie, une enfilade d'esquisses, d'études, de miniatures et de grands formats. Et pour clore l'ensemble : la peinture de l'amitié inébranlable, la nôtre, triomphant au milieu des Répine, tenant à distance l'image de malheur.

L'ombre du Terrible ne planerait plus.

Je le tenais mon portrait épilogue : un ultime coup de pinceau qui rappellerait le miracle de la naissance. Une dernière vision : la mère-salamandre parée pour de nouvelles métamorphoses. Un merveilleux tableau, en somme, non dénué de rudesse et de béances, apaisé toutefois, beau, capable de susciter l'émoi du monde du spectacle, les déclarations enflammées de Hollywood et de Bollywood, quel dénouement ! bravo ! suffisamment aimable pour que nous puissions en faire un film, peut-être une danse du ventre, encore que l'ensemble mérite d'être revu et adouci, à l'évidence, nous allons convoquer nos gens, aucun souci, nos chorégraphes et nos plumitifs, car un livre, oh, vous savez, c'est nécessaire, quoique toujours enquiquinant, ça passe mal à l'image les bouquins, mais avec votre happy end, voyez-vous, tout redevient possible, on peut imaginer un drame, une comédie musicale, tenez, signez donc ici, en bas de la page, sinon un thriller, et paraphez aussi les cent cinquante-trois précédentes, voilà, la grande famille du cinéma et des divertissements vous embrasse avec effusion, transmettez notre profond respect à la petite Yana, et notre amour, bien entendu, remerciements et félicitations, hein ?!

Une guerre éclata.

Une guerre finit toujours par éclater. Nous n'en étions alors qu'aux prémices d'un siècle prometteur, le XXIe. L'ombre du Terrible vint se rappeler à notre bon souvenir ; elle n'oublia pas Yana.

Un matin de février. Un jeudi. Le nom de Macha s'affiche sur son écran de téléphone : « Ça a commencé. »

XXXIV

Le dernier appel

Travaillant à son tableau, Ilya Répine inscrit dans son carnet une phrase qu'Ivan le Terrible adresse au prince Andreï Kourbski. Le tsar cite saint Paul :

« Soyez miséricordieux envers les uns, avec discernement, sauvez les autres par la terreur, pour les arracher au feu éternel. »

« Allô, Macha ?
– Comment ça va Yana ?
– Plus ou moins bien. Et toi, surtout ?
– Plus ou moins mal.
– Tu es à l'abri ? Tu es toujours à Kyiv ?
– Oui. Non. Je ne sais pas. Les bombes peuvent tomber n'importe où. Aucun quartier n'est sûr.
– Tu pourrais venir te réfugier à Moscou…
– Non ! Jamais.
– Blague très nulle. Pardon. Je suis tellement abasourdie et honteuse.
– Honteuse ?
– De vivre ici, du côté des assassins. Ce sentiment de baigner dans l'ignominie… Je vais partir. Impossible de rester…
– Tu iras où ?
– Aucune idée. En France, peut-être.
– Tu as vu ce qui est arrivé à Melitopol ?
– Non. Tes amis du musée vont bien ?

– La ville est occupée. Ils ont volé les collections scythes.
– Non !
– Les objets les plus précieux étaient cachés, ils les ont trouvés. Un homme en combinaison blanche était là, sous escorte soldatesque, peut-être un collègue à toi… Il a sorti ses gants blancs et emballé méticuleusement son butin. Ils ont tout pris.
– Ça fait sens.
– …
– C'est une guerre pour l'aura, ils s'en emparent. Ils coupent les accès à la puissance mythologique. Ils se rêvent en Scythes et ils veulent être les seuls. »

XXXV

La guerre

L'année 1909, Stepan Riabouchinski commande à Répine une deuxième version de son célèbre tableau.

« J'ai réalisé une variation autour du thème de mon tsar Terrible. C'est la même scène, mais quelques instants après.

Le despote s'est dissout dans la folie, il est ailleurs. Il hurle ses gros sanglots de béluga. L'ignoble bourreau, le pitoyable, l'inconsolable est enfin puni. Il comprend qu'il a assassiné sa dynastie, son royaume… Il y a Dieu, il y a le châtiment de l'Histoire. C'est ainsi que je l'ai imaginé. »

À compter des premiers jours du XXIe siècle, la Russie fut prise d'une lente poussée de fièvre.

Le voyou à la carrure incertaine qui s'empara du pouvoir, le 1er janvier 2000, installa ses hommes et ses mensonges, pas à pas, son système retors, la mafia et le grotesque, la prédation et le vulgaire, il vola d'abord comme il assassinait, en douceur, fit bâtir un palais en catimini, puis un autre plus tapageur encore, contempla le butin grossir sagement jusqu'à faire de lui sans doute l'homme le plus riche de la planète – il jubilait qu'on pût l'entendre dire, jouait toutefois les parrains pudiques –, orthodoxe par calcul et par superstition, par amour de la pompe, des parades aussi où il laissait libre cours à son histrionisme paradoxal, de rage et de glace, saluant les foules de ses doigts courtauds, gras comme des vers, n'admettant à ses côtés aucune contradiction, donc aucun esprit, il usa de violence méthodique, crescendo, contre les siens et contre ses ennemis, contre le monde, le réel ou l'imaginaire, remuant à bas bruit les vieilles fictions – celle du patriotisme outragé, celle de la citadelle assiégée –, il cultiva en lui le sentiment d'humiliation, la certitude acquise dans l'enfance d'être un rat, acculé, mêlant dans son bouillon la conscience de sa petitesse et la soif d'une puissance écrasante, pleine de terreur, il désirait ardemment incarner le chef martial et le chasseur, le rempart de la civilisation vraie, avec à ses pieds de fervents lèche-bottes, des gardiens fidèles et des admiratrices pour décupler la jouissance terrible inscrite sur son visage, décomposé, bouffi par la pharmacopée, toutes les soumises et tous les soumis fortifiaient son sacerdoce comme les stéroïdes fortifiaient son corps, la chirurgie gela ses traits, il devint le montagnard du Kremlin, protecteur et conquérant de toutes les Russies – on apercevait dans son sillage la cohorte habituelle des idéalistes et des fanatisés, on les entendait sur la grande plaine hennir, miauler et geindre.

Si c'était un personnage de fiction, on le jugerait faux et mal fagoté.

C'est le printemps, le montagnard du Kremlin se rend dans l'Altaï, selon son habitude. Là-bas, il a pactisé avec un petit groupe de mages noirs qui lui préparent des panacées. On scie les bois de jeunes cerfs, spongieux et gorgés de sang, on en extrait le précieux liquide. On le verse dans une baignoire.

Après les ablutions de jouvence, on sacrifie quantité d'animaux, on joue du tambour et on chante pour que les forces du maître décuplent. Le montagnard rentre au Kremlin rasséréné et heureux, la peau lisse, laissant derrière lui des ruisseaux vermeils.

Yana tient cette histoire de Dougar qui assista à la scène. D'autres l'ont rapportée. Je la crois vraie.

On dresse parfois des portraits comme on jette des sorts. La peinture de Répine tua le Premier ministre Stolypine en quelques jours. Que la mienne, s'il se peut, emporte le montagnard du Kremlin, et qu'elle abolisse son nom plus vite encore.

La fièvre progressait, insidieusement, elle passait de corps en corps ; Yana fut la première à me la faire sentir ; elle était douée d'un flair singulier, elle sentait le *sapiens* excité par l'odeur du sang à venir, ce qu'elle appelait le *désir ancestral du bienfaisant carnage*.

Je voyais et ne voyais pas le paysage changer, occupé ailleurs, cultivant l'amour et l'amitié sur une vaste plaine ensorcelante, conversant avec les poètes qui l'avaient arpentée jadis, avec les chamanes et les Scythes, sans bien entendre leurs leçons ; j'étais comme la grenouille de la légende : je baignais dans une casserole posée sur un feu très doux, nageant en toute quiétude. Jamais l'eau n'atteindrait le stade de l'ébullition, coassais-je, tandis que la chaleur endormait mon corps, des palmures jusqu'à la tête ; pourquoi sortir du bassin ? On sait comment la fable finit : le cadavre de la grenouille est repêché dans l'eau frémissante.

La température ne descendrait plus.

Lorsque je partis en cavale et sauvai ma peau, abandonnant dans la casserole ma défroque de batracien, Yana me disait déjà que la guerre, la vraie, arrivait.

« Ça commence par les querelles, les petits combats entre amis dans la steppe, au milieu des kourganes, et puis… »

Les premières bombes tombèrent sur l'Ukraine à la fin du mois de février 2022, quelques semaines après nos retrouvailles à Paris, Yana, Répine et moi. Elle pleura deux jours durant. Elle était de retour à Moscou, son monde s'écroula lentement. Puis : brutalement. Elle perdit son travail, son alliée de Kyiv – Macha périt sous les décombres d'un immeuble effondré ; Yana arrête mon bras et m'interdit d'en dire plus.

Ses amis les plus chers, les miens, furent parmi les résistants, ils protestèrent en vain, furent arrêtés, s'échappèrent ; l'heure des justes n'était pas venue. Quelques-uns toutefois, plus nombreux que nous ne voulions bien l'admettre, basculèrent et répondirent à l'appel du sang. D'autres encore se voilèrent la face ou se drapèrent d'indifférence. Il y eut un suicide.

Petia trouvait chaque semaine un nouveau complot et une nouvelle démonstration des bienfaits de la guerre préventive.

« Il y a tellement de *fakes*, c'est n'importe quoi ! Les militaires restent très polis avec les civils, c'est évident sur les images. Ils font attention. Ils butent juste les barbares. Normal. La Russie va sortir renforcée de cette épreuve, comme toujours... »

Les écrans montraient la conquête bienveillante menée par le montagnard du Kremlin, le massacre fraternel et garant d'une paix équitable : on allait tout bonnement anéantir le mal par humanité soldatesque. On sauverait les enfants et les innocents ; mais s'il le fallait, tant pis, on les passerait par les armes.

J'étais là, constatant le désastre, honteux et confus, pataud avec les mots ; l'esprit ne suivait plus. Peindre un livre en paroles ? Quel livre ?

XXXVI

Autoportrait dans le reflet d'une vitre

Dans Proche lointain :

« Je peignais par fulgurances, dans l'affliction, dans les tourments, je retouchais encore et encore, la douleur quelquefois et l'impuissance me conduisaient à recouvrir la toile d'un drap, puis je la découvrais, et de nouveau j'attaquais. Il m'arrivait d'avoir peur. Je me détournais du tableau, je le cachais. Sur mes amis, il produisait exactement le même effet. Pourtant, quelque chose me poussait irrésistiblement vers lui, alors je me remettais au travail. »

J'aurais pu m'en douter.

Je n'avais encore rien écrit, et déjà les mots et mes prétentions étaient rattrapés par la vie.

La magie sans risque n'existe pas, tout le monde sait ça. Un portrait réaliste finit en général par se cogner un faramineux retour de bâton.

Et puis, en vérité, guerre ou pas, je me découvrais transi. Muet.

J'ai peur de te décevoir.

Alors, ce sera comme d'habitude, Yana : nous ferons comme nous pourrons.

Ton avion vient d'atterrir à Paris. Il te faudra rouler huit heures pour me rejoindre en Bretagne. Je t'attends. Je suis gagné par une étrange excitation. J'imagine ton visage lorsque tu parcourras le vallon et le sentier que je t'ai indiqué. La mer est à quelques pas, elle bat la falaise. Tu repéreras facilement la grande roue à augets parmis les arbres. Je t'envoie l'adresse : moulin de Keriolet.

Nos retrouvailles seront joyeuses. Et cette fois, tu viens accompagnée, tu me présenteras celui que tu appelles le *maestro*. Tu es impatiente. Moi aussi. La cérémonie sera belle. Je suis concentré, je tiens dans ma main un tambour.

Un jour que je partais en cavale pour échapper à la prison, je dus abandonner le tambour que tu m'avais offert. Il m'attend quelque part, sur une île, au milieu du lac Baïkal. J'en possède un autre, tu le sais, fabriqué par une chamane de Carélie. J'ai dans l'idée que cette peau de bête, tendue sur un cadre en bois de mélèze, est un puissant recours. Elle m'ouvre une conversation avec le monde, avec les vivants et avec les morts.

J'écris comme je frappe mes deux tambours, le proche et le lointain, dans une docte inclairvoyance.

À l'intérieur du moulin, je tente de faire résonner les premières phrases d'un livre. Dans cette grotte idéale, seul, je griffonne à loisir, je lis, j'invente dans un carnet, à peu près content de moi, lorsque brusquement je suis interrompu. Dehors, la chute d'eau a grossi et la roue est entrée en mouvement. Les lourdes pièces de fer forgé s'engrènent, se mêlent au bois, s'entraînent les unes les autres et le prodige a lieu : la meule se met à tourner.

Au cœur de ce mécanisme, un bruyant petit rouage en acacia vient tempérer mon émerveillement. Son nom est inscrit en toutes lettres sur un schéma à usage pédagogique, je le déchiffre à haute voix, incrédule : babillard. Il est là, fixé sur un axe métallique, impassible, il encaisse les coups assidus de l'auget et le grain à moudre est précipité vers la meule. Le babillard émet son tic-tac incessant : il berce, il hypnotise, il assomme.

Je comprends soudain.

Comme tout moulin à paroles, je suis équipé de mon babillard. Il me faut maintenant composer avec son tapage, l'accompagner de mon tambour jusqu'à le faire taire. Et que surgissent les mots d'on ne sait où. À cette condition, les portraits de Yana naîtront. C'est l'histoire que je me raconte au plus profond du moulin, alors que j'observe dans le reflet d'une vitre mon œil gauche fermé à demi. La paupière est infectée et ne cesse de gonfler. La vue est brouillée par une larme têtue.

Je m'en réjouis, je me moque. Bientôt, je pourrai écrire à l'aveugle.

Le voilà l'autoportrait du belletriste : un cyclope ensauvagé, épuisant son tambour et son babillard.

XXXVII

Transe

Korneï Tchoukovski dans son livre sur Répine :

« Une nouvelle fois, je remarquai qu'il mélangeait les couleurs sans même y jeter un œil. Il connaissait sa palette par cœur et maniait les pinceaux à l'aveugle. Pour Répine, faire un portrait signifiait : observer avec toute la force de son attention la personne assise en face de lui, ressentir intensément son être spirituel. C'était comme si les mains de l'artiste, hors de toute conscience, exécutaient les gestes nécessaires. »

L'énergie de Yana me porte de page en page. J'arrive à celle-ci : elle se hisse sur la pointe des pieds et pose un cataplasme sur ma paupière bouffie.

Je voulais donner un portrait se dressant en phrases chamanes, avec les puissances papillonnant dans l'air auprès de sa tresse blonde, avec les cicatrices, les masques enchâssés, les vies innombrables qui s'étagent et serpentent comme les colliers autour de son cou, je voulais dire la grâce ensauvagée, l'esprit métamorphe et la magie sans formule qui fait les beaux livres. Ce programme m'exaltait autant qu'il me terrifiait. Il y avait les doutes, les chimères. J'avais renoncé.

Les portraits de Yana me filent entre les doigts, songeai-je, comme les cavaliers nomades échapperont toujours aux archéologues.

Elle passe sa main dans ma chevelure telle une épouilleuse scythe. En cet instant, comme moi, elle brûle de faire ce qu'elle redoute. Le maestro nous tend la décoction âpre au goût terreux, nous buvons chacun notre verre. Ensemble.

Il envoie de la fumée de tabac sur mon crâne, sur le tien, sur nos mains. Il commence à chanter. Il nous guide dans l'univers infiniment silencieux. Le monde humain, avec ses battements de tambour, n'y occupe qu'une place infime et pourtant captivante. Nous sommes de petits être attendrissants, jacassant au sein du cosmos muet, propulsant un flot de phrases rêveuses, chercheuses insatisfaites et à jamais insatisfaisantes. Il faut être bienveillant avec son babillard. Il est aveugle. Il fait au mieux.

Ce qui nous réunit, Yana, c'est exactement ça : notre aptitude à persévérer dans les expériences peu dicibles, doublée d'une obstination à vouloir en dire quelque chose malgré tout. Parfois, tu crains de passer pour folle.

Je te suis.

Nous plongeons ensemble dans les visions colorées. Je te vois couverte d'une cape chamarrée à doublure rouge sang. De minuscules panthères vivent sur ton dos, sautent sur le mien et se regroupent pour faire un plumage. Ma conscience accueille maintenant d'autres consciences alentours.

Une première larme coule, la tienne.

Une deuxième larme coule et lui répond, la mienne. Elles annoncent le torrent.

Les corps furent secoués, une heure durant peut-être ; l'esprit pleura ; l'âme ruissela par gros sanglots bleus. Nous étions traversés par ces gouttes d'humanité élémentaire, je tremblais du fond des âges, tu t'arrachais les cheveux à l'antique, à genoux, puis nous nous relevions, contemplions dans notre extase le vif-argent des larmes rouler le long de nos corps – la tristesse était adamantine, nous scintillions littéralement.

J'observe mes deux paumes se poser sur ton crâne, Yana, je le tranquillise. Le maestro dort auprès de nous. Après un temps long, immobile, tu te glisses dans mes bras. Quelque chose comme ma conscience étudie le jeu des corps et m'explique que l'humanité commence ainsi : dans la consolation inconditionnelle et les sensations qui fraternisent.

Ma tempe contre la tienne, nos cerveaux explorateurs et la parole euphorique d'avant les mots.

Nous vécûmes ensemble la transe la plus profonde, la splendeur d'une nuit où nous nous sommes rencontrés une nouvelle fois. Sans elle, les petits caractères imprimés sur ce papier ne seraient pas.

Mon bras me conduit, il gratte la terre battue. Mes jambes se déplient, je ne leur ai rien demandé. Je constate. Nos chairs, nos muscles et nos os s'animent des mouvements qui patiemment s'inscrivent en eux depuis l'aube des temps. Des sons archaïques sortent de nos bouches, souffles et raclements de gorge, quelque chose s'exprime de l'apprentissage de milliers de primates engendrés les uns après les autres avant nous. Nous parcourons nos couches d'ancestralité, c'est comme une archéologie physiologique.

Je peux sentir maintenant les premières lueurs attrapées par tes yeux, il y a longtemps, comme je sentais tout à l'heure l'enfant contristée.

Au petit matin, je savais : j'écrirais pour Yana un livre-cérémonie, pour la beauté, pour guérir et consoler, pour les aïeuls qui bruissent et gigotent en moi, pour un petit garçon meurtri, un livre pour ne pas quitter tout à fait la transe qui l'avait fait naître.

XXXVIII

Yana sur la pointe du Raz

Juin 1874. Répine séjourne à Veules-les-Roses, en Normandie.

« Et la mer ! Quelle merveille !
Aujourd'hui, avec Véra, nous sommes montés sur la crête des falaises ; et de nouveau, que je me tourne à gauche ou à droite, la vue était divine, et la mer était vert-bleu sous le soleil. »

Nous sommes à Douarnenez.

Anton a eu dix-huit ans, il y a quelques mois. Yana est fuyante, esquive mes questions. Je ressens son malaise et son inquiétude. Je crains ce que je devine.

Elle descend l'escalier, une tasse à la main, elle flotte dans une robe de soie couleur saumon. Elle s'arrête devant la fenêtre, contemple le Menez Hom qu'elle appelle ce matin la « montagne sacrée ». La baie est tranquille, les eaux sont d'albâtre, on dirait un lac gelé.

Hier, Yana, nous nous tenions ensemble sur le promontoire du fin bout de la terre, à la pointe du Raz, en Extrême-Occident, avec les oiseaux et la bourrasque salée qui les épuisait ; le ciel était très bas, frangé d'une écume d'argent, et comme moi tu sentis dans ton dos l'immense bande de terre courant jusqu'à la Tchoukotka, en Extrême-Orient. Nous étions juchés sur la crête aiguë d'une grosse bête préhistorique. C'était à la fois aérien – nous étions parés pour le décollage – et puissamment tellurique – notre rocher, battu par la mer d'Iroise, rejoignait un autre rocher, battu par la mer des Tchouktches ; entre les deux, on pouvait parcourir à pied des milliers de kilomètres, une seule et même folie, l'européenne et l'asiatique.

J'ai dans l'oreille l'expression pure de ta joie, Yana, lorsque nous vîmes un phoque chasser dans les vagues ; il disparut à l'intérieur d'un tourbillon.

Elle boit par petites lampées ; le thé est brûlant, j'attends qu'il refroidisse. L'axolotl ne donne plus aucune nouvelle, il est sur le front, à la guerre. En première ligne. Voilà ce qu'elle ne parvenait pas à me dire. Son fils : parti massacrer et se faire massacrer… Par choix. Il s'était engagé. Il y allait gaillardement, en soldat du devoir, la tête patriote et rêvant aux aventures inavouables.

Yana respire comme une noyée.

« Il va peut-être croiser ses cousins du côté d'Odessa (combien sont-ils d'ailleurs ?), leur coller à chacun une balle dans la tête, et sans les connaître il violera ses cousines, pour honorer les coutumes de la guerre, les vraies, celles dont on ne cause pas trop mais que nul n'ignore. Ou alors ce sera lui, on le violera puis l'abattra. Sinon, dans l'ordre inverse. Ou… autre hypothèse plaisante : les cousins vont se trouver nez à nez, comprendre, s'embrasser, avant de décider ensemble par où massacrer, quels sévices et quelles violences perpétrer. »

Ses doigts se tordent autour de la tasse.

« Je suis d'un côté, mon fils est de l'autre. »

Depuis la guerre, Yana s'est rapprochée du pays sous les bombes, le pays de ses grands-parents odessites qu'elle ne connut jamais, le pays où naquit son père ; elle désirerait y vivre un jour, là-bas, en Ukraine ; elle sait, c'est une manière de survivre, c'est absurde, on se bâtit une nouvelle mythologie, on redessine sa carte mentale ; sur cette grande bande de terre qui va de la mer d'Iroise à la mer des Tchouktches, elle aimerait que l'humanité cesse de construire ces fables imbéciles, les empires, la gloriole militaire qui n'est qu'empilement de vies détruites au nom du chef ou du Saint-Esprit, de l'or ou de l'honneur, c'est-à-dire rien, du vent ; elle imagine l'art, l'intelligence, les langues et l'amour se balader librement de la pointe du Raz à la Tchoukotka, effaçant les anciennes fictions, les anciens cultes, tous les anciens crétins terribles. On procéderait à une vaste *abolitio nominis* : suppression des noms parasites, effacement des archives historiques, règne du partage et de la tendresse universelle. Quelle vengeance pour toutes les races d'inférieurs et d'humiliés ! Quelle consolation, quel triomphe pour toutes les oreilles basses massacrées !

« C'est d'un naïf, hein ? Je suis un peu niaise, non ? »

XXXIX

Khokhliouchka

L'année 1876. Ilya Répine séjourne dans sa région natale.

« J'aime les khokhols plus que je ne les ai jamais aimés. Après un mois entier passé dans le village de Tishky, j'étais triste de devoir quitter mes amis si chers, et, s'il n'y avait pas eu des lettres qui m'attendaient chez moi, rue Nikitinskaya, à Tchougouïev, je ne serais pas rentré de tout l'été. »

Yana aimait parfois plaisanter et clamer :

« Pardonnez-moi, putain de chatte, pardonnez mes gros mots, putain de couille, c'est que je ne suis qu'une pauvre fille de la campagne, pardonnez mes manières de khokhliouchka ! »

Le *Dictionnaire de la langue littéraire russe moderne* indique que khokhol (féminin : khokhliouchka) désigne un Ukrainien. Selon le contexte, le terme est péjoratif et insultant, synonyme de plouc à l'époque de Répine, de perfide aujourd'hui, de renard machiavélique. Ou à l'inverse : il est affectueux, il peut être humoristique ou simplement familier.

Sur les territoires de l'ancienne Scythie, j'ai souvent rencontré de joyeux drilles se déclarant khokhols en bombant la poitrine. C'est une stratégie bien connue. Là où il y a du stigmate, il se trouve toujours quelqu'un pour le retourner et en faire une qualité, le brandir comme un emblème.

Le 23 mai 2022, à la galerie Tretiakov. Quatre années après l'attaque de Podporine contre le tableau. Trois mois après l'attaque du montagnard du Kremlin contre l'Ukraine. *Ivan le terrible et son fils Ivan le 16 novembre 1581* est présenté devant un petit parterre de journalistes, d'historiens de l'art et de restaurateurs. Yana est parvenue à se glisser parmi les privilégiés.

Elle ose à peine lever les yeux. Elle a peur de devenir folle. Et si j'étais capable, moi aussi, de perdre complètement pied, de me lever, de fondre sur la toile et de la tailler en pièces ?

Deux gardes du corps encadrent le tsar et le tsarévitch. Assise derrière une grande table, la conservatrice en chef, Tatiana Gorodkova, entame un discours solennel.

« Nous parlons de la restauration d'une œuvre qui non seulement avait été profondément blessée en 2018, mais qui souffrait aussi d'une maladie chronique depuis 1913 et les travaux effectués après le premier attentat, celui du tristement célèbre Balachov, comme vous le savez. Aujourd'hui, après un travail colossal et le déploiement des technologies les plus admirables, les plus en pointe, grâce également au concours de spécialistes venus de toute l'Europe, nous pouvons dire avec soulagement, avec joie et sous vos applaudissements que nous avons guéri le tableau. Le voici devant vous ! Voyez ses nuances devenues plus lumineuses, plus riches… Voyez, par exemple, le bleu sur la botte gauche du tsarévitch, il résonne plus fort désormais, et le motif sur le tapis rouge juste à côté… »

Le 24 février 2022, les premières bombes s'abattent sur l'Ukraine. La maison de l'ancienne rue Nikitinskaya, où Ilya Répine vécut un temps avec sa famille, la maison où il pleura sa mère morte, le 16 mai 1880, échappe de peu à la destruction. C'est aujourd'hui un musée. Un éclat d'obus tue un adolescent à quelques centaines de mètres de là.

« *Ivan le terrible et son fils Ivan le 16 novembre 1581* ne sera malheureusement pas présenté aux visiteurs dans l'immédiat. Nous attendons de pouvoir le protéger comme il se doit, derrière une vitre blindée. »

Le 25 juillet, les tirs de l'artillerie russe détruisent entièrement le centre culturel de Tchougouïev. Des habitants s'y étaient réfugiés. On compte les morts, les blessés. Dans le parc, le souffle d'une explosion recouvre de terre et de débris le buste en bronze représentant Ilya Répine. Il fut offert à la ville par les autorités de l'Union soviétique en 1956.

« La vitre aura des propriétés antireflets et sera à l'épreuve des balles, comme celle qui défend la Joconde, à Paris, comme celle qui abrite les joyaux de la Couronne britannique. Nous attendrons patiemment que notre fournisseur, en Europe, nous fasse parvenir cet équipement indispensable. Nous nous battons chaque jour pour l'art. Nous sommes au service de ce qu'il y a de plus précieux : la culture. En attendant le retour du chef-d'œuvre dans nos collections, d'ici quelques mois, nous proposerons au public des conférences, des livres et un film sur cette incroyable aventure humaine. »

Après la présentation de Tatiana Gorodkova, Yana hésite longuement. Elle voudrait s'insurger au nom du khokhol Ilya Répine, au nom de la beauté, au nom des assassinés, elle voudrait sauter à la gorge des gardes du tsar, gifler tout le monde dans la salle et hurler : « Réveillez-vous ! » Si elle avait un couteau, elle le planterait. Elle suit la conservatrice en chef dans un long couloir, elle se faufile, tergiverse, parvient à son niveau et la bouscule en lui envoyant un coup léger dans les côtes.

« Vous êtes bien pressée, jeune fille !
– Pardonnez, je suis une khokhliouchka. »

XXXIX

Épilogue boulevard du Montparnasse

Iakov Mintchenkov fut l'ambassadeur des peintres ambulants, organisant les expositions, les voyages et la comptabilité. Dans un livre oublié, traduit dans aucune langue, il donna des portraits parmi les plus beaux qu'il m'ait été donné de lire.

« Dans les yeux de Répine brillait un sourire narquois et énigmatique, on y trouvait l'humour ukrainien. L'homme était secret, chagrin dans l'examen de soi. Il tenait beaucoup de Gogol.

Répine entrait parfois en malice, il semblait se jouer de nous, comme s'il se disait à part soi : "Tiens, je vais raconter ceci ou faire cela, juste pour voir comment mon tableau agit, comment mes paroles les font gigoter, juste pour voir où ça nous mène." »

Paris.

À travers la grande baie vitrée, je la vois descendre d'un vélo, longer La Coupole, traverser le boulevard du Montparnasse, lever les yeux au ciel puis entrer au 99, où j'ai installé mon affût. Elle me repère instantanément, le parfum frais d'un agrume s'épanouit dans son sillage, elle ouvre grand les bras, avec une touche florale, du jasmin peut-être…

« Jasmin, pétales de rose et patchouli pour la note de cœur. »

Ses lèvres déposent sur ma joue un trait de pigments rouges. Elle l'essuie de son index, nous nous asseyons. Elle porte sur son visage le rictus amusé que je lui connais lorsqu'elle s'apprête à entrer en malice. Je suis soudain fébrile, comme elle, sans me l'avouer. Nous faisons diversion. Café ?

« Plutôt un thé, tu devrais le savoir, mon cher belletriste.
– C'est vrai. Nous n'avons jamais bu ensemble une seule goutte de café.
– Ce serait une entorse grave à nos traditions.
– Tu m'appelles belletriste ?
– Dans le bon sens du terme, évidemment !
– Les mots que tu vas prononcer, maintenant, sont très importants pour moi.
– Je suis toujours libre de censurer ?
– Modifier, ajouter, censurer…
– Et si je suis trop chiante ?
– Je tenterai de te persuader de l'être moins.
– Des négociations vont s'ouvrir ?
– Aucune. Le livre n'aura de sens pour moi que si tu lui en accordes un.
– Tu dramatises ! »

Yana n'exigea aucune retouche, aucun retrait.

« À un moment, j'ai pensé : ce n'est plus moi. C'est moi, mais ce n'est pas moi. Puis, tu m'as fait rire, impossible de m'arrêter ; je n'ai toujours pas compris pourquoi. J'ai failli partir pour les urgences psychiatriques, putain de… Très bizarre cette réaction. Après, j'ai carrément eu peur. Comment savais-tu ce que tu ne pouvais pas savoir ? Comment ? Tu es une sacrée énigme. Parfois, tu es un bloc de glace, tu empêches quiconque d'accéder à toi, et un jour tu arrives avec ce livre… Merde, Yoanntchik… Tu me fais pleurer maintenant… »

Elle me prodigua un unique conseil. J'avais placé quelque part dans le livre cette phrase :

« La guerre, donc la vie, donc la littérature continue. »

C'était une de ces généralités faciles, ni vraie ni fausse, un tour de passe-passe indigne d'un belletriste. Je veux lui substituer la douleur effarée d'une mère sur le boulevard du Montparnasse :

« Il m'appelle finalement, j'ai cru qu'il avait été fait prisonnier. Inécoutable. Il devait être sous l'effet d'une drogue, un antidouleur, quelque chose. Il m'explique qu'il est blessé, il a pris cher, pas physiquement, ça va aller, il a juste pris cher en général. Un drone a largué sa petite bombe insidieuse, ils ont entendu l'engin approcher, l'explosif tomber, et son pote Mitia est parti en morceaux, juste à côté de lui. Il n'en restait pas grand-chose : des jambes, un thorax ouvert. "J'ai retrouvé sa barbe", il me dit. Elle s'était envolée avec le reste, puis elle est retombée, sa barbiche et le morceau de peau qui allait avec : atterris sur la tente. Et ça le fait marrer. La barbichette de Mitia… Et il continue sur la drôlerie de la guerre, chaque jour la bouillasse de viande, de métal et de terre, et par là-dessus les cuissots des villageoises que certains vont écarter et forcer, pas lui… Je crois… Je n'en sais rien. J'ai raccroché, c'est fini. Je n'écouterai pas ça. Et c'est mon fils pourtant, je veux qu'il revienne. Je préfère qu'il égorge, qu'il assassine, qu'il fasse sauter les cervelles si cela signifie rester en vie. »

Mes oreilles bourdonnent, je n'entends plus et pourtant je discerne encore quelques sons ; je ne sais plus où je suis ; ce pourrait être les profondeurs du lac Baïkal où il m'arrive de rejoindre des phoques graciles et les vilaines gueules des golomyankas, ces petits poissons cannibales qui aiment à gober leur progéniture.

Je perçois des paroles humaines. Un je-ne-sais-qui insiste, il fait varier les timbres et les accents.

Est-ce nos voix, qui sont les mêmes, celle de Yana, de Répine et la mienne ? Est-ce l'entrelacs de nos yeux bavards, les miens et ceux de Répine, les yeux de Yana ?

De quelle tête vient ce rêve, à la fin, qui fait courir dans la plaine gelée un étalon fantastique, de la pointe du Raz à la Tchoukotka, le fait écumer, hennir vers le ciel, avec sur le dos un enfant, ultime cavalier alors que le monde s'achève, visitant une dernière fois les kourganes somptuaires dans le proche lointain, recueillant auprès des ancêtres l'or inutile, les rires inutiles, les batailles inutiles et les langues nécessaires, chantant les secrets sous les glacis, les vies folles, les terreurs comme les joies peu dicibles, le sang versé, un livre aux allures de cavale éternelle ?

Cet ouvrage a été composé
par Nord Compo
et achevé d'imprimer en France
par CPI BRODARD & TAUPIN (72200 La Flèche)
pour le compte des Éditions Stock
21, rue du Montparnasse, 75006 Paris
en septembre 2023

Stock s'engage pour l'environnement en réduisant l'empreinte carbone de ses livres.
Celle de cet exemplaire est de :
400 g éq. CO_2
Rendez-vous sur
www.editions-stock-durable.fr

PAPIER CERTIFIÉ

Imprimé en France

Dépôt légal : octobre 2023
N° d'édition : 01 - N° d'impression : 3054091
26-51-3283/1